Le retour de Fantômette

RETROUVEZ Fantômette DANS LA BIBLIOTHÈQUE ROSE

Fantômette au carnaval
Fantômette et la télévision
Fantômette et le château mystérieux
Fantômette et son prince
Les sept Fantômettes
Fantômette et la lampe merveilleuse
Fantômette contre Fantômette
Fantômette s'envole
Fantastique Fantômette
Fantômette brise la glace
Les exploits de Fantômette
Fantômette et le trésor du pharaon
Fantômette chez le roi
Fantômette et le dragon d'or
Mission impossible pour Fantômette
Fantômette fait tout sauter
Fantômette contre la Main Jaune
Fantômette à la Mer de Sable
Fantômette viendra ce soir
Fantômette et la grosse bête
Fantômette et le brigand
Fantômette et la maison hantée
Fantômette et le mystère de la tour

Georges Chaulet

Le retour de Fantômette

Illustrations
Patrice Killoffer

HACHETTE
Jeunesse

Françoise

Sérieuse et travailleuse, Françoise est une élève modèle qui se passionne pour les intrigues. Vive, pleine de bon sens et intrépide, n'aurait-elle pas toutes les qualités d'une parfaite justicière ?

Boulotte

Gourmande avant tout, elle se moque pas mal du danger... tant qu'il y a à manger !

Mlle Bigoudi

Si elle apprécie Françoise, l'institutrice s'arrache souvent les cheveux avec Ficelle et lui administre bon nombre de punitions.
Que penserait-elle si elle était au courant des aventures des trois amies !?

Ficelle

Excentrique, Ficelle collectionne toutes sortes de choses bizarres. Malgré ses gaffes et son étourderie légendaire, elle est persuadée qu'elle arrivera un jour à arrêter les méchants et à voler la vedette à Fantômette...

Œil de Lynx

Reporter, il suit de près les méfaits des bandits. Il est le seul à connaître la véritable identité de Fantômette et n'hésite pas, à l'occasion, à lui filer un petit coup de main !

Hachette Livre, 43, quai de Grenelle, 75015 Paris.

chapitre 1

Le kidnapping

— Aaaah ! J'ai peur ! Qu'est-ce qu'ils vont lui faire ?

Penchée sur l'écran accroché au mur, Ficelle ouvre des yeux de grenouille pour tenter de découvrir le sort réservé au jeune Rémi. Le garçon vient d'être enlevé par une bande d'individus dont les visages disparaissent sous des passe-montagnes. La grande fille se met à crier :

— Françoise, tu crois qu'ils vont l'enfermer dans une boîte à chaussures ? Moi, une fois, j'avais une souris appelée Cunégonde, que j'avais mise dans une boîte à carton, avec des petites fenêtres pour qu'elle puisse respirer. Et tu ne sais pas ce qu'elle avait inventé, Cunégonde ? Figure-toi que...

— Si tu parles tout le temps, tu ne sauras pas ce qui va arriver à Rémi.

Son amie, la brune Françoise, s'est confortablement installée dans un fauteuil pour regarder le feuilleton *Des ravisseurs peu ravissants*, en évitant de faire des commentaires. Ficelle a préféré s'asseoir sur la moquette, dans la pose d'un fakir hindou. Depuis une semaine, elle s'est convertie au yoga, ce qui consiste, dans son cas, à rester immobile de longues heures, en ne pensant à rien. Elle réussit parfaitement cet exercice.

Une troisième fille, Boulotte, se trouve dans la cuisine juste à côté, où elle inspecte le contenu du réfrigérateur. Après cet inventaire, elle revient dans le séjour en mastiquant du nougat, puis repart promptement pour s'assurer qu'il reste encore un peu de camembert.

Les malfrats viennent d'entraîner le jeune Rémi au fond d'une chambre pour l'enfermer, non pas dans une boîte à chaussures, mais dans un placard. Ficelle agite frénétiquement ses mains comme pour sécher du rouge à ongles et s'exclame :

— Regardez, regardez ! Ils ne sont pas gentils du tout ! Je parie que ce sont des méchants mal élevés, qui volaient les confitures de leur grand-mère !

Boulotte hoche la tête :

— Moi, j'ai jamais volé de confiture à Mémé ! Quand je lui en demandais, sept ou huit fois par jour, elle me donnait tout ce que je voulais. C'est justement grâce aux pots de confiotte que j'ai gardé ma ligne fluette.

Leur victime se trouvant enfermée, les bandits se tournent vers leur chef qui ordonne :

— Écoutez-moi, tas de ramollis ! Vous savez ce qu'on va faire, maintenant ? On va téléphoner pour exiger la rançon. Faut demander un million d'euros. Ils ont les moyens de payer. Des fabricants de cartons rouges pour le foot, ça gagne gros !

Ficelle approuve :

— C'est bien vrai ! Avec tous ces footballistes qui jouent comme des pieds, faut des cartons pour les punir. D'ailleurs, c'est ce que veut faire Mlle Bigoudi. Quand je saurai un peu une leçon, je recevrai un carton jaune. Et si je ne dis rien, un carton rouge.

— Et si tu as appris la leçon ? demande Françoise.

— Un vert. Mais je crois que ça n'arrivera pas. Ah ! Regardez ! C'est attrisffolant !

La scène sur l'écran est en effet dramatique :

Les Fasol, les parents de Rémi, viennent de s'apercevoir que leur enfant n'est pas rentré de l'école. Le père téléphone au gardien de l'établissement, qui connaît chaque élève de vue, et qui confirme :

— Votre petit Rémi est ressorti il y a une demi-heure. Non, je n'ai rien remarqué de particulier.

Tout de suite, la maman s'affole :

— Je suis sûre qu'il lui est arrivé quelque chose ! Il faut alerter la police !

C'est à cette seconde que le téléphone se met à sonner. M. Fasol décroche.

— Allô ?

Une voix passablement éraillée demande, avec un fort accent banlieusard :

— Z'êtes l'père de Rémi ?

— Oui, mais...

— Fermez-la et m'interrompez pas. Écoutez. Vot'mouflet, on l'tient. Alors v'z'allez...

CLAC ! Le père vient de couper l'appel d'un coup sec. Très inquiète, son épouse demande :

— C'est... un enlèvement ?

— Oui.

— Ah ! Malheur ! Et ils demandent une rançon ? Il faut payer ! On va leur donner tout ce qu'ils réclament ! Sinon, ils vont supprimer notre petit Rémi !

Le visage crispé, M. Fasol gronde :

— Non, ils ne vont rien supprimer du

tout ! Et je ne vais pas leur donner un centime !

La sonnerie retentit de nouveau. La maman se précipite pour décrocher, mais son mari maintient fermement l'appareil et répète :

— Pas un sou pour ces voyous ! Si on leur offre de l'argent, ils peuvent très bien le mettre dans leur poche et ne jamais nous rendre notre enfant.

— Mais tu es fou ! Je suis prête à leur verser tout ce qu'ils réclameront !

— Ce serait une terrible erreur. Tant qu'ils ne toucheront pas la rançon, Rémi ne risquera rien. Tu peux me faire confiance, je réponds de tout !

Ficelle presse ses mains sur son cœur – ou plus exactement sur son estomac – et balbutie, éperdue :

— Quelle situation patagonienne ! J'en suis toute bouleversifiée... Dis, Françoise, qu'est-ce que tu ferais, toi, si tu étais à la place de M. Fasoldo ?

— Je crois que je prendrais la même décision. Silence sur toute la ligne. Ne rien céder aux kidnappeurs, qui vont être bien embêtés.

— Hein ? Pourquoi ?

— Mets-toi à leur place : ils n'ont même pas eu le temps de lui dire quelle somme ils veulent ! Il n'est pas bête, M. Fasol !

— Tu ne crois pas que les enleveurs[1] seront furieux, et qu'ils couperont le cou de Rémi ?

— Ça, ils seront peut-être furieux, mais surtout vexés de ne pas recevoir un gros paquet d'euros. Et c'est une chose qui va les amener à commettre des erreurs.

— Tu en es sûre ?

— On va voir ça, après la pub.

1. Enlever, c'est prendre quelqu'un, l'emmener de force. Cette action méchante, c'est un enlèvement. Mais ceux qui s'en rendent coupables ne sont pas définis dans les dictionnaires. Voilà pourquoi Ficelle a fort bien fait d'inventer le mot « enleveur », qui sera bientôt universellement adopté. (Note de l'auteur.)

chapitre 2

Enlever Boulotte ?

Les marchands de lessive viennent en effet d'interrompre le programme afin de démontrer que le « SuperTounoir » est le meilleur pour blanchir les serpillières. Boulotte revient de la cuisine en demandant :

— Ça ne vous donne pas faim, la télé ? Si vous voulez, je peux vous préparer ma nouvelle spécialité : des cerises au camembert. Un régal !

Les amies déclinent cette offre, pourtant alléchante, et le feuilleton recommence.

Le chef des enleveurs annonce :

— Cet abruti de Fasol m'a raccroché au nez, mais ça, il va le payer ! On va dou-

bler le montant de la rançon : deux millions !

Un complice demande alors :

— S'il raccroche tout le temps, comment on va faire pour lui dire la somme qu'on veut ? Et comment il doit s'y prendre pour nous la remettre ?

Le chef caresse son nez du bout de l'index, ce qui lui fait venir une idée.

— On va aller mettre un mot dans sa boîte aux lettres, tout simplement. Ah ! Il croit nous mener en raffiot, le Dorémifasol ! Et il se croit malin, mais il va trouver plus bête que lui ! Donnez-moi un papier et un crayon...

D'une écriture laborieuse, le sacripant rédige un texte menaçant :

« Si vous ne vairser pas la some de 2 million d'eurots, on couppera le cout de votre Rémit !

Et c'es signer : les kidnapeure

P.S. : Si vou raccrocher encore le téléfone, on lui couperat le coup deufoit[1]. »

Les enleveurs s'éclipsent pour laisser place à un spot publicitaire.

Un corbeau perché sur un arbre explique à un renard :

— Le livarot « Délicarôme » possède une saveur incomparable ! Il est finement fruité, avec des senteurs de jasmin et une pointe de violette.

Le renard se lèche les babines et précise :

— Je vais sans retard goûter ce régal, puisqu'il est en promotion jusqu'à la fin du mois !

Boulotte approuve avec de grands mouvements de menton.

— C'est vrai que « Délicarôme », voilà une réussite ! Je m'en suis tartiné la figure

1. L'orthographe des bandits modernes est proprement scandaleuse ! (Note indignée de Mlle Bigoudi.)

pour sentir bon quand on m'a invitée à la soirée d'Armand Talo. Il m'a fait danser, et il m'a demandé ce que je mettais comme parfum. Mais j'ai répondu que c'était un grand secret.

— Tu as bien fait ! approuve Ficelle. C'est aussi ce que j'ai dit à Mlle Bigoudi, quand elle m'a demandé la capitale du Honduras. Un secret énorme que je n'avais pas le droit de raconter à tout le monde, devant la classe des élèves.

Ficelle tâte le bout de son nez pour s'assurer qu'il n'y a poussé aucune verrue, puis revient au feuilleton.

— Vous savez ce que je ferais, moi, si j'étais à la place de M. Solsido ? Je demanderais l'aide de Fantômette. Elle viendrait tout de suite en passant par la cheminée, et je lui expliquerais qu'on vient d'enlever Rémi. Elle n'aurait plus qu'à aller le délivrer en cinq-sept ! Tu ne crois pas, Françoise ?

La brunette réfléchit un instant :

— Je ne sais pas ce que Fantômette déciderait. Et d'abord, comment s'y prendrait-elle ?

— Oh, elle aurait sûrement une idée superflique ! Elle téléphonerait aux bandits pour leur dire de relâcher le petit garçon.

— Et comment saurait-elle leur numéro de téléphone ?

— Par Internet, tiens !

Les animaux amateurs de fromage ayant provisoirement quitté l'écran, on retrouve les enleveurs, qui se rapprochent en voiture du domicile des Fasol.

Le véhicule ralentit, s'arrête devant le portail d'une villa. Le chef regarde autour de lui pour s'assurer qu'aucun escadron de police ne hante les parages, puis donne le papier à son complice qui court vers la boîte aux lettres, y jette la feuille, et revient prestement à la voiture, qui repart à toute allure.

Aussitôt, une autre automobile démarre. C'est un modèle de sport rouge vif, du genre Grand Prix d'Espagne, conduite par

M. Fasol. Les deux voitures se lancent dans une course-poursuite le long d'une avenue, sans se préoccuper des limitations de vitesse, et prennent une route qui sort de la ville.

Le chef jette un coup d'œil dans le rétroviseur et braille :

— Plus vite ! Plus vite ! Il y a un type qui nous suit ! Ah ! mais je le reconnais ! C'est le père du mouflet. Sème-le ! Grouille !

Ficelle ouvre en grand ses yeux et ses oreilles pour ne rien perdre de la poursuite ; Boulotte cesse de mastiquer et Françoise sourit, regardant avec un certain amusement ce rodéo déjà vu mille fois à la télé. Après trois minutes d'une course totalement interdite par le Code de la route, la voiture des affreux fait un tonneau et termine son vol plané dans le fossé. M. Fasol saisit son portable et appelle les gendarmes, qui, bien entendu, arriveront après la fin du feuilleton ! L'image finale montre le petit Rémi entre ses parents, regrettant de ne plus être enfermé dans un placard, parce que c'était bien rigolo. Il s'amusera moins en classe, quand on lui demandera de quel pays Tegucigalpa est la capitale[1].

Ficelle s'écrie :

— Quelle histoire fantasmidable ! J'en ai les oreilles qui me rentrent dans les cheveux. Ah ! Quelle idée supermiteuse d'avoir raccroché au menton des enlevistes ! Oui, je confirme que c'est ce qu'aurait fait Fantômette.

La grande fille réfléchit pendant trois longues secondes, puis révèle sa pensée :

— Si j'enlevais Boulotte, je réclamerais une grosse rançon, bien sûr. Voyons... Qu'est-ce que je pourrais demander ? Combien tu vaux, Boulotte ?

— Heu... Je ne sais pas, moi... Au moins cent boîtes de petits pois, cinquante boîtes de sardines à l'huile et dix bouteilles de jus d'orange. Peut-être plus... Tiens, tu peux

1. Le Honduras.

rajouter vingt tablettes de chocolat au lait fourré de noisettes...

— Ça me semble raisonnable. Moi, je vaux, au minimum, cent paires de chaussettes assorties, plus sept ou huit paires de tongs roses. Si nous sommes kidnappées, Françoise devra remettre tout ça aux ravissants, si elle veut nous récupérer.

La brunette soupire :

— Je me garderai bien de donner votre rançon aux kidnappeurs. Comme ça, ils vous garderont, et ça m'évitera de vous entendre dire des âneries.

chapitre 3

Les idées du Furet

— J'ai une idée ! s'écrie le Furet.

Le petit homme au regard noir s'est planté au milieu de la cellule en faisant claquer ses doigts. L'élégant Alpaga, qui examine son visage dans un miroir incassable, demande :

— Est-ce une idée géniale, admirable Furet ?

— Évidemment ! Tu connais une seule de mes idées qui ne serait pas géniale ?

Un troisième prisonnier est affalé sur un matelas aussi crasseux que ses doigts, un gros patapouf, qui croque un bout de saucisson avec un bruit de sécateur. Il grogne :

— N'empêche que c'est à cause d'une idée à vous qu'on se retrouve en cabane !

Indigné, le Furet se redresse.

— Comment, Bulldozer, tu oses me critiquer ? tu dois reconnaître qu'attaquer le dépôt des douanes était un projet magnifique !

— Ah ? Ben, j'ai toujours pas compris pourquoi on avait mis les pieds dans cette baraque...

Le chef lève les yeux au ciel, c'est-à-dire vers le plafond de la geôle[1] et prend la peine d'expliquer lentement, pour faire entrer ses mots dans le crâne épais du goinfre :

— Pour vendre de la drogue et faire fortune, il faut d'abord s'en procurer. Et plutôt que de l'importer chez nous, on a plus vite fait de taper dans le stock qui se trouve chez les douaniers. Tu saisis ? Dans le dépôt, il y en avait des tonnes.

1. On prononce « jole ». C'est un terme ancien pour désigner un cachot. (Note de Mlle Bigoudi.)

— Ah ? Bon. Et pourquoi on s'est fait piquer, alors ?

— Parce qu'un crétin nommé Bulldozer a laissé tomber un sac qui s'est ouvert, et que les chiens des douaniers ont flairé l'odeur de la drogue ! Alors, ils ont aboyé tant qu'ils ont pu, et les douaniers nous ont arrêtés. Tu as compris, ou il faut que je te fasse un dessin ?

— Ah ! Bon. J'avais pas pigé pourquoi les clebs s'étaient mis à brailler. La prochaine fois, faudra trouver un dépôt où il y a pas de chiens...

Alpaga caresse son menton parfaitement rasé et s'enquiert :

— Furet adoré, je brûle de connaître votre nouvelle idée ! Quelle est-elle ?

Le chef se redresse, marque une pause, préparant son discours. Puis il explique :

— Voici ce que j'ai imaginé. Vous n'avez pas oublié toutes les difficultés que nous rencontrons pour nous évader ? Les barreaux, les portes fermées, les gardiens. Nous y parvenons quand même parce que je suis très intelligent et que je trouve toujours une astuce. Mais nous avons bien du mal à nous procurer une scie à métaux quand nous voulons couper un barreau de fenêtre.

Bulldozer approuve :

— Pour sûr que ce serait plus facile si on pouvait aller acheter une scie au « Paradis des Bricoleurs ». Faudrait qu'on nous laisse sortir...

Négligeant l'interruption, le chef poursuit :

— Mon idée, ce serait de mettre à la disposition des condamnés une organisation qui préparerait leur évasion. Étant à l'extérieur, ces gens, que l'on pourrait appeler des « évadeurs », pourraient facilement se procurer les fameuses scies ou même des engins de chantier pour défoncer les murs, et disposer de complices armés qui neutraliseraient les gardiens.

— Mais, dit Alpaga, il me semble que cela s'est déjà fait ? Je crois que les amis de certains prisonniers ont démoli une porte de la prison de Fresnes pour les faire sortir.

— Exact. Mais cette opération a été exceptionnelle. Moi, ce que je veux, c'est une compagnie prête à agir en permanence. Comme des pompiers toujours disponibles en cas d'incendie.

L'Élégant caresse son menton, comme pour le rendre plus pointu, et objecte :

— Tout ce système d'évasion, ça coûterait très cher, subtil Furet ?

— Ce sont les voleurs qui le financeraient. Pendant les périodes où ils seraient en liberté et feraient des cambriolages, évidemment.

— Ah ! En somme, votre affaire, ça serait une sorte de compagnie d'assurances contre l'emprisonnement ?

— Mais oui ! Les malfrats paieraient des cotisations et nous les ferions évader s'ils étaient mis en prison.

— Votre système est absolument génial, incroyable Furet !

Bulldozer marmotte alors :

— Tout ça, c'est très joli, mais qui va nous faire évader, nous ?

Le Furet hausse les épaules.

— Ce n'est qu'un détail sans importance. L'évasion, je m'en charge. Le plan est déjà dans ma tête. Demain, nous devons rencontrer la juge d'instruction. Ce sera l'occasion de lui filer entre les pattes !

— En nous sauvant par la fenêtre de son bureau ?

— Non, Alpaga. Nous ne ferons aucune acrobatie. Dis-moi, tu es d'origine italienne, n'est-ce pas ?

— Pur Napolitain, chef admiré.

— Donc, tu es comédien-né ?

— Oh ! oui. Acteur de père en frère, saltimbanque, clown, jongleur et trapéziste, tragédien, mime et comique tout naturellement. Voulez-vous que je vous chante *Au clair de la lune* ou *la Marseillaise* ?

— Non, non, inutile. J'ai confiance en toi. Tu auras juste à faire ton petit numéro pendant que je serai dans le cabinet de la juge.

chapitre 4

Une astucieuse évasion

— C'était prodigiable, cette histoire d'enlèvement ! Ah ! Je voudrais bien être kidpannée... kidlappée...

— Tu peux dire également ravie, ma grande.

— Mais non, Françoise, quand on est ravie, c'est qu'on est contente !

— Autrefois, une princesse était ravie par un beau chevalier. On voit ça dans tous les romans du Moyen Âge. Un ravissement, c'était aussi un enlèvement.

Ficelle sourit largement pour faire admirer sa denture.

— Voilà tout à fait ce qu'il me faut ! Je voudrais être enfoncée dans une marmite de ravissement, mais à condition que le chevalier soit le vrai Prince Charmant de dessin animé, avec des bottes rouges et une plume verte. Et toi, Boulotte, ça te plairait d'être ravie ?

— Je pense bien ! Surtout, si on m'enferme dans un magasin d'épicerie fine !

— Mais peut-être que l'épicier te ferait subir le supplice de Sandale. Il te mettrait du saumon fumé sous le nez en t'interdisant d'y toucher[1] !

— Je n'ai jamais entendu parler d'une chose aussi horrible ! Ne pas avoir le droit de manger du saumon fumé, c'est épouvantable ! J'aime mieux ne pas être enlevée du tout !

Tandis qu'elle court s'enfermer dans la cuisine, le présentateur du journal télévisé réapparaît sur l'écran.

La bande du Furet, qui s'est bâti une triste réputation en dévalisant des bijoute-

1. Ficelle fait sans doute allusion au supplice de Tantale, un roi légendaire et criminel condamné à une faim et une soif perpétuelles. (Note mythologique de Mlle Bigoudi.)

ries et des kiosques à journaux, s'est évadée de la prison de La Passoire. Les trois détenus ont profité d'un interrogatoire mené par la juge d'instruction pour interrompre brusquement leur détention. Nous avons sur place notre correspondant Œil de Lynx, qui va nous donner de plus amples détails.

Une casquette à carreaux apparaît, surmontant le visage sympathique du jeune reporter. En arrière-plan, on aperçoit les grilles de la prison, fermées et gardées par des hommes en armes. Mais, apparemment, ce dispositif n'a pas servi à grand-chose. Le journaliste précise :

Ce matin, le Furet et ses deux complices, Alpaga et Bulldozer, ont été conduits au cabinet de la juge d'instruction. Le chef est entré en premier, ses acolytes attendant leur tour dans le couloir. Après quelques minutes, Alpaga s'est mis à pousser des gémissements. La juge est sortie pour voir ce qui se passait et a découvert l'individu en train de se rouler par terre, les mains sur l'estomac. Il criait que les gardiens l'avaient empoisonné, et réclamait un médecin chinois. Le Furet a profité de l'absence momentanée de la juge pour voler des feuilles d'élargissement. Ce sont des documents autorisant la mise en liberté d'un détenu.

Françoise murmure :

— Tiens, tiens ! Je commence à deviner ce qui s'est passé après. Pas bête du tout, le Furet. Il a bien combiné son coup, le petit coquin !

Œil de Lynx poursuit :

Après que les gardiens eurent emmené Alpaga à l'infirmerie, la juge est revenue dans son cabinet, et a poursuivi normalement l'interrogatoire du Furet, sans se douter que ce dernier s'était emparé des précieux papiers. Plus tard, les trois bandits ont remis à leur avocat les feuilles ornées d'une fausse signature, puis les portes se sont ouvertes très officiellement pour laisser sortir la bande. Quand la juge a découvert la disparition des documents et donné l'alerte, il était trop tard.

Le journaliste termine en souriant :

Il est probable que c'est encore une fois la fameuse Fantômette qui va se charger d'interpeller nos évadés. Comme d'habitude !

Françoise grogne entre ses dents :

— Encore Fantômette ! Comme si elle n'avait rien d'autre à faire que de courir après le Furet !

Ficelle, qui a saisi ces mots grâce à ses grandes oreilles et à son long nez, s'adresse à la brunette :

— C'est son métier d'arrêter les bandits ! À part ça, qu'est-ce qu'elle sait faire ?

— Peut-être qu'elle pratique le karaté, la plongée sous-marine, le parapente ou le pilotage de montgolfière ? Ou alors elle étudie l'astronomie, la chimie et la culture des orchidées ? À moins qu'elle ne prenne des cours de piano, de japonais ou de mandchou. Il doit lui arriver aussi de surfer...

— Sur le net ?

— Oui, et sur une planche à voile, du côté de Biarritz.

Ficelle souffle sur une mèche, qui lui obscurcit la vue, et conclut :

— Alors, si elle fait tout ça, il ne doit plus lui rester beaucoup de temps pour arrêter le Furet !

— Je suis bien d'accord avec toi, ma grande !

L'immortelle fille aux yeux bleus et aux cheveux filasse fait fonctionner le bout de mastic qui lui tient lieu de cerveau et murmure :

— Peut-être que je pourrais me charger d'arrêter la bande. Parce que j'ai beaucoup de temps libre. En ne faisant pas mes devoirs et en n'apprenant pas mes leçons, qui ne servent jamais à rien, j'aurais des tas d'heures pour enquêter[1].

Une nouvelle réflexion lui fait établir son programme de recherches :

— À mon avis, les bandits doivent rôder autour du bazar « Chine-Chine » du bout de la rue. Oui, c'est sûrement dans ce coin qu'il faut chercher. J'en profiterai pour aller voir de plus près les tongs tendance. Vous savez, ceux avec des talons hauts et de la fourrure violette dedans.

— J'irai avec toi, intervient Boulotte.

— Tu veux des tongs ?

— Non, mais à côté du bazar, il y a la « Diétéboutique ». Je veux savoir s'ils ont reçu le pain aux huit céréales pour les digestions idéales. C'est écrit sur l'emballage. J'ai fait des calculs. En mangeant un kilo de pain par jour, on peut maigrir de dix grammes en trois semaines.

1. Oser dire que les devoirs et les leçons ne servent à rien, c'est tout simplement scandaleux ! Au prochain conseil de classe, je vais exiger la mise à la porte de cette élève ! (Note indignée de Mlle Bigoudi.)

En quelques mots lancés dans son micro, Œil de Lynx nous a révélé le moyen imaginé par le Furet pour s'échapper du tribunal. Mais rien ne doit être caché à notre lectorat, qui possède le privilège de connaître le moindre détail de toute affaire policière.

Nous allons donc fournir à nos lecteurs quelques précisions qui leur seront utiles s'ils ont un jour l'envie de s'évader. Revenons donc un instant dans la prison de La Passoire, où la porte d'une cellule vient de s'ouvrir, afin qu'un gardien annonce :

— Le Furet ! Bulldozer ! Alpaga ! Direction : le tribunal. Et plus vite que ça !

Le Furet se lève d'un bond, et Bulldozer enfile un blouson qui ressemble vaguement à une toile de tente provenant d'un surplus militaire. Alpaga s'est planté devant la glace en plastique aimablement fournie par l'administration pénitentiaire. Il examine son nez, s'assure que ses cheveux sont parfaitement lissés avec une fine couche de margarine. Le gardien s'impatiente :

— Alors, c'est pour aujourd'hui ou pour la semaine prochaine ?

— Attendez, précieux chef-gardien, je rectifie mon nœud papillon californien...

— Je m'en vais te rectifier le fond du pantalon avec ma semelle, guignol !

À l'idée d'entrer en contact avec la grossière godasse, Alpaga sort précipitamment. Les trois malfaiteurs sont escortés jusqu'au fourgon – communément appelé panier à salade – qui les conduit au palais de justice.

La juge se nomme Nicole Forte, et c'est une dame tout à fait ravissante. On se demande ce qu'elle fait dans ce bureau tristounet, au lieu de présenter le journal télévisé de vingt heures. Elle consulte ses registres, pose des questions.

— Vous vous appelez Sébastien Voiladuboudin, surnommé Le Furet. Profession ?

— Hum !... Heu... Homme d'affaires.

— Quelles affaires ?

— Eh bien... diverses, selon la saison. Je

fais un peu de tout. Je vends du muguet le 1er mai.

— Et c'est avec cette vente que vous avez pu vous offrir une villa en Floride, un yacht, un avion et une centaine de Picasso ?

— Oh ! Vous savez, madame la jugesse, les tableaux, c'est Alpaga qui les peint.

À cet instant, un cri s'élève dans le couloir.

— Aaaah ! J'ai mal ! Au secours !

Nicole Forte se lève, sort de la pièce, découvre un homme allongé sur le parquet, qui se tient l'estomac à deux mains. Il gémit :

— Je suis malââââde ! On m'a empoisonné ! Les gardiens ont mis leurs vieux mégots dans mes haricots ! Faites venir un médecin chinois ! Ce sont les meilleurs ! Allez le chercher à Pékin, vite !

Le gros Bulldozer grommelle :

— Si c'est pas honteux de jeter des mégots à peine entamés dans des z'haricots de premier choix, bien durs !

À peine la magistrate est-elle sortie du

cabinet, que le Furet s'est jeté sur les papiers recouvrant le bureau. Il lui faut peu de temps pour mettre la main sur les précieuses feuilles bleues d'élargissement et pour prélever la lettre signée « Nicole Forte ». Alpaga ayant été emmené par deux infirmiers, la dame revient au Furet, qui attend sagement sur sa chaise.

— Donc, vos activités répréhensibles vous ont valu au total... trois cent cinquante années de prison.

— Une pure erreur judiciaire, madame la jugeante ! Je suis innocent de tout ce qu'on m'accuse !

— Je sais, tous les coupables disent cela.

L'interrogatoire se poursuit pendant une demi-heure, puis Bulldozer vient expliquer qu'il ne comprend pas ce qu'il fait dans ces lieux. Si on l'a surpris en train d'empocher des bijoux, c'était par pure étourderie. Il rejoint le Furet dans sa cellule, où Alpaga les retrouve peu après, le médecin n'ayant décelé aucune trace de tabac dans son estomac.

Deux heures plus tard, l'avocat des gredins leur rendant visite, le Furet lui remet trois feuilles bleues munies de signatures parfaitement imitées et, vers midi, les malfrats quittent tranquillement la prison. Un taxi les mène à un repaire préparé depuis longtemps. Le Furet déclare alors :

— Maintenant, mes petits, on va pouvoir organiser notre entreprise d'évasion. Et devinez qui va nous aider ?

— Le cambrioleur Rocamadour ? demande Alpaga.

— Le voleur acrobatique Chimpanzé ? suggère Bulldozer.

— Vous n'y êtes pas. C'est quelqu'un de parfaitement honnête qui doit participer. On va demander un coup de main à Fantômette !

Alpaga ne peut retenir un cri de surprise.

— Madonna ! Fantômette ! Mais est-ce qu'elle voudra ?

Le Furet ricane :

— On ne lui demandera pas son avis.

chapitre 5

L'enlèvement

Peinte en rouge vif, la devanture du magasin « Chine-Chine » se voit de loin. Derrière la vitrine s'alignent des paniers en rotin, des vases décorés de motifs extrêmement orientaux, des paquets de baguettes brûle-parfum ou des statuettes représentant des danseuses acrobatiques, des divinités bizarres ou des dragons terrifiants. Ficelle désigne un grand coffre laqué où s'entassent d'innombrables sandales.

— Regarde, Boulotte... Tu as vu ce stock de tongs ? Je sens que je vais passer une heure à les essayer tous.

— Bon, alors je te laisse. Je suis à la boutique d'à côté.

La gourmette entre d'un pas assuré dans le royaume de la santé, des sucettes sans sucre et du pain sans farine. Un flacon vert chlorophylle retient aussitôt son attention. L'étiquette révèle qu'il s'agit de l'élixir du brahmane Fézunéfor, qui, depuis trois siècles, assure la maigreur des mangeurs des pâtes[1].

— C'est tout à fait ce qu'il me faut. Trois gouttes avant chaque repas, et je pourrai avaler un grand saladier de macaroni sans prendre un milligramme.

Le long du trottoir opposé, une voiture haut de gamme, couleur de neige, a trouvé un emplacement sur un passage protégé. Bulldozer coupe le moteur, ferme les yeux, et s'endort. Le Furet désigne le magasin de diététique.

1. Les nouilles, spaghettis et raviolis n'ont pas été inventés par les Italiens, mais par les Chinois, ainsi que nous l'apprend *Le Livre des merveilles*, rédigé par Marco Polo, le seul voyageur occidental qui se soit rendu en Extrême-Orient au cours du Moyen Âge. Ficelle, veux-tu bien répéter ce que je viens de dire ? (Interpellation de Mlle Bigoudi.)

— Elle vient d'entrer.

— Fantômette ? demande Alpaga, qui est assis sur la banquette arrière.

— Non, la petite dodue. Bouffie... Bonbonne.

— Boulotte ? Ah, oui, je la vois. Mais c'est Fantômette qui nous intéresse ?

— Oui, mais c'est grâce à Boulotte qu'on va obliger Fantômette à travailler pour nous.

Le mannequin lisse sa chevelure du plat de la main et demande :

— Chef admirable, je n'ai pas encore compris pourquoi c'est Fantômette qui doit récolter les cotisations des voleurs ?

— Je t'ai déjà dit qu'il nous faut quelqu'un d'honnête. C'est pourtant évident ! Crois-tu que des vauriens nous feraient confiance ? Tu t'imagines que les pilleurs de coffres viendraient nous apporter leurs économies, avec la réputation qu'on trimbale ?

— Ah ! Maintenant, je comprends, inimitable Furet ! Fantômette est une fille à qui l'on peut remettre les cotisations en toute tranquillité, sans qu'elle les fourre dans sa poche et se sauve en Amérique du Sud. C'est ce que je ferais, moi !

— Bien sûr. Mais tu n'es pas Fantômette. Elle va nous servir de trésorière, en somme.

— Molto bene ! Mais que vient faire Boulotte dans cette histoire ! Pourquoi l'enlever, Furet prodigieux ?

— Pour obliger Fantômette à nous obéir. Si elle refuse de collecter l'argent, on menacera de couper son amie en mille morceaux. Et tu verras que Fantômette nous obéira !

— Ah ! Quelle belle combinaison, aimable Furet !

— Tiens, voilà notre dodue qui ressort... Allons-y !

Portant un sac en papier recyclable, Boulotte se réjouit déjà à l'idée de déguster des brioches aux épinards. Mais elle n'a pas le temps de rentrer dans le magasin chinois. Le Furet et Alpaga ont jailli de la voiture et empoigné la diététicienne, qui a laissé échapper ses croissants verts. Un chien errant s'est approché, a reniflé la singulière pâtisserie et s'est sauvé en hurlant.

L'auto a démarré sans que les brigands aient tenu compte des cris poussés par leur victime, ce qui montre à quel point la bande du Furet est détestable. Du coup, la pauvre Boulotte se demande s'ils ne vont pas lui appliquer l'effroyable supplice de Tantale. Affolée, la malheureuse subit la réaction organique qui lui est habituelle quand elle se trouve dans une situation angoissante. Elle s'époumone pour réclamer à manger :

— J'ai faim ! Je voudrai une côtelette aux navets ! Avec beaucoup de marmelade au citron ! Et une choucroute marocaine aux poireaux ! Ou alors une soupe d'endives avec une belle tranche de brie aux chuchis... Et puis...

— Et puis tu vas te taire ou je te mange les oreilles ! gronde Bulldozer en agitant son gros poing sous le nez de l'affalée, qui consent à fermer une bouche insatiable.

Alpaga esquisse un sourire, pour faire admirer la blancheur de ses dents :

— Je me demande si nous n'aurions pas dû enlever plutôt la grande ombrelle... Elle doit être plus facile à nourrir !

Dans ce quartier résidentiel agrémenté de jardins, de bassins et de parterres de fleurs, les villas sont récentes, vastes et, pour la plupart, équipées de piscines entourées de parasols. La luxueuse voiture du Furet s'est arrêtée devant un de ces pavillons modernes, dont le portail s'ouvre automatiquement. Dans le sous-sol, cinq ou six autos s'y trouvent au large. Plusieurs entrées, salons et livings occupent le rez-de-chaussée. Quant aux chambres, on ne les compte plus.

Le lecteur perspicace, la lectrice avisée se demanderont par quel prodige la bande du Furet a pu s'installer dans ce logement, alors qu'elle fréquente habituellement des hôtels minables ou des masures délabrées. L'explication a été fournie par le Furet, bien des années plus tard, lorsqu'il a dicté ses souvenirs à Œil de Lynx.

— À la télé, le chanteur Onman-Tanpa avait annoncé qu'il allait entreprendre une grande tournée dans l'Antarctique. Ça voulait dire que sa villa de Viendon-Situloze serait vide pendant six mois, donc à ma disposition.

— Et vous êtes entré par effraction ?

— Pas du tout ! Nous avons expliqué au jardinier et aux femmes de chambre que l'artiste nous prêtait sa baraque pendant son absence... Alors nous nous sommes installés sans nous cacher, en nous servant de ses voitures pour nos déplacements.

Si Boulotte est prisonnière, c'est donc dans un véritable palace, avec tout le confort dont peut rêver une gourmande. La cuisine, aussi grande qu'une salle de classe, a été un émerveillement, et les trois réfrigérateurs géants, bourrés de victuailles, lui ont fait pousser des cris d'enthousiasme. Pendant qu'elle procède à l'inventaire des provisions, le Furet sort dans le parc qui entoure la villa, s'allonge dans un fauteuil près de la piscine, allume une cigarette à l'eucalyptus, et annonce :

— D'ici une heure ou deux, Fantômette va se manifester. Je suis assez content de ma petite idée. La faire travailler pour nous, c'est plutôt marrant non ?

Alpaga approuve, mielleux :

— Ah, insurmontable Furet, quel prodigieux cerveau occupe votre crâne ! On se demande comment un visage aussi stupide peut cacher une telle intelligence !

Flatté, le chef accueille le compliment avec un mince sourire, signe d'une profonde satisfaction. Bulldozer, qui vient d'entamer un sandwich jambon-confiture préparé par Boulotte, se laisse tomber sur le rebord de la piscine, ses godillots barbotant dans l'eau bleutée. Il soupire :

— C'est pas pour me vanter, mais on est drôlement mieux ici qu'en cabane !

chapitre 6

Horrible torture

— Vous semblez pensif, prodigieux Furet ?

— Oui, Alpaga, je réfléchis. Gouverner, c'est prévoir. Alors, je prévois.

— Ah ! Y aurait-il un problème en perspective ?

— C'est possible, en effet. Pour monter une entreprise, il faut d'abord réunir un capital. Amasser de l'argent, tu comprends ? Donc, on va commencer par demander à Chimpanzé le numéro du coffre où il a déposé son argent. Enfin, plutôt le fric qu'il a piqué au casino, quoi.

— Et il va nous le dire, ce numéro ?

— Oui, pour nous récompenser de

l'avoir fait évader. Une fois que nous aurons récupéré son fric, ça nous fera un capital pour notre petite affaire. Après quoi, nous demanderons à Fantômette de récolter les cotisations.

— Ah ! Très bien, chef adoré. Mais si elle refuse ?

— Ah ! Alors là, mon cher Alpaga, ça va chauffer ! On va torturer Boulotte.

— Bonne idée, fantastique Furet. On pourrait la priver de nourriture...

Le Furet secoue la tête.

— Et attendre qu'elle perde quelques kilos ? Non, trop long. On va faire le contraire. La bourrer de haricots ou de patates, la gaver comme une oie jusqu'à ce qu'elle en crève !

— Oh ! Très astucieux, incomparable Furet.

— Évidemment. Voici ce que nous allons faire. Bulldozer va ficeler la gourmande sur une chaise dans la cave, et lui remplir le bec avec de la nourriture. Toi, tu vas prendre la caméra et filmer la scène. On la projettera à Fantômette si elle ne veut pas nous obéir. Compris, Alpaga ?

— Admirable, Furet estimé ! Vous avez des idées merveilleuses. Je cours prévenir Bulldozer.

L'élégant réveille le patapouf, qui est en train de ronfler sous les arbres devant un hamac, et l'entraîne dans la cuisine, où Boulotte s'est attablée devant une coquille Saint-Jacques qu'elle vient de réchauffer dans l'un des nombreux micro-ondes de la résidence. Bulldozer l'empoigne par un bras, la fait descendre au sous-sol et l'attache sur une chaise de fer. Affolée par ce nouveau traitement, Boulotte réclame sa coquille, plus un saucisson à l'ail et une timbale de légumes frais. Mais le bourreau ne l'écoute pas. Il a trouvé dans un cellier voisin une pile de boîtes contenant de la choucroute alsacienne. Il fait sauter le couvercle, plonge sa grosse patte dans la boîte et enfourne dans la bouche de la malheureuse une poignée de choucroute pendant qu'Alpaga file la scène avec une caméra de poche. À peine la pauvre Boulotte a-t-elle le temps de mastiquer et de reprendre son souffle entre deux bouchées. Son bourreau ricane :

— Allez, avale-moi cette poignée de foin !... Encore celle-là ! Ça te plaît, hein, la choucroute au vin blanc ? Reprends-en encore un peu. C'est Onman-Tanpa qui paye. Après cette boîte, il y en aura encore une autre. Et puis une autre. C'est pas le stock qui manque !

Le Furet vient d'entrer pour s'assurer que le supplice est en bonne voie. Il constate que la patiente est sur le point de s'étouffer et il lève une main.

— Stop ! Alpaga, tu as fait une bonne prise de vues ?

— Si, chef insurpassable ! Image et son ! Fantômette va se rendre compte que vos menaces n'étaient pas de la rigolade.

— Parfait ! Vous pouvez arrêter. On va laisser Boulotte enfermée ici. Comme ça, si elle crie, personne ne l'entendra.

Il sort, accompagné par Alpaga. Bulldozer referme la porte derrière lui, quand une petite voix s'élève. Le gros homme rouvre, voit Boulotte qui le regarde d'un air suppliant et demande :

— M'sieur, à quelle heure on va déjeuner ?

*
* *

« Bon, alors où est-elle passée, notre mangeuse de gruyère râpé ? Si elle n'est pas là, comment je vais lui faire admirer mes tongs ? » Ficelle scrute les alentours du bazar oriental, entre dans le magasin de diététique, visite le Mac Hasket du coin de la rue. « Pourtant, elle devrait être visible ! Avec le volume qu'elle occupe dans l'espace géométrique, comme dit Mlle Bigoudi. » La grande fille pénètre dans le bazar, interroge un employé nommé Fou-Yo-Po, qui répond :

— L'honorable jeune personne rondelette ? Je l'ai vue monter dans une grande automobile, en laissant tomber de précieux croissants aux épinards achetés chez notre honorable voisin et confrère.

Ficelle remercie, s'éloigne, se ravise et revient.

— Monsieur l'honorable marchand de tongs, est-ce que vous avez vu le chauffeur de la voiture ?

— Je l'ai vu sans aucun doute. Cet honorable individu à tête de bandit doit sentir des pieds. Son voisin avait un nez pointu et des yeux noirs inquiétants. Sur la banquette arrière se trouvait un passager vêtu de manière tapageuse.

— Ah ! Très bien. Je vous remercie honorablement.

Pensive, la plus mauvaise élève de Framboisy revient sur ses pas. En chemin, elle rencontre Françoise, qui remarque aussitôt son air préoccupé.

— Qu'est-ce qu'il t'arrive, ma grande ? Tes tongs te serrent les pieds ? Pourtant, tu m'as l'air de nager dedans. C'est le format porte-avions ?

— Non, ils me vont aussi bien que des gants.

— Alors ?

— Heu... Je crois que Boulotte a disparu.

— Comment ça ? Explique !

Ficelle relate l'événement. Françoise fronce les sourcils.

— Tu dis un gros bonhomme, un type avec des yeux noirs et un élégant de cirque ?

— Voui. Je ne vois pas du tout qui sont ces gens...

— Mais ma pauvre amie, tu as un mur de brique devant les yeux ! Le Furet et ses complices, voilà nos bonshommes.

— Oh ! Tu es sûre ?

— Évidemment. Et ils viennent d'enlever Boulotte. Viens chez moi, on va réfléchir.

— Oh ! Ciel vert ! Mais c'est rastifolant ! Il faut faire quelque chose... Crier au feu... Appeler Fantômette...

— Laisse Fantômette tranquille. Je vais plutôt prévenir Œil de Lynx.

Elle prend son portable, tape le numéro du journaliste qui répond tout de suite.

— J'écoute !

— Dites, Œil. Vous pouvez venir ? C'est urgent. Je suis chez moi.

— J'arrive !

chapitre 7

Le courrier du Furet

Elle n'a pas besoin de se présenter – il reconnaît sa voix – ni de fournir le motif de son appel. Ficelle allonge sa jambe gauche, le pied en avant, et annonce sa participation dans cette affaire, grâce à son nez proverbial.

— Je vais avec toi. Tu as besoin d'être rassurée en cas de coup dur et tu peux compter sur moi comme je compte les canettes vides chaque dimanche soir, quand j'inspecte les caniveaux de Framboisy. Après, je note le nombre de canettes que j'ai vues et je marque l'emplacement sur mon cahier d'histoire. Des fois aussi, j'inscris les vieux sommiers dont les gens se débarrassent dans le square des enfants.

L'intéressant exposé de l'écologiste est interrompu par l'arrivée d'une 2 CV pétaradante, qui était neuve lors de sa sortie d'usine, vers 1950. Une casquette à carreaux en sort. Dessous, le visage du sympathique Œil de Lynx, la pipe à la bouche.

— Bonjour, Françoise. Bonjour, Ficelle. Tu as de bien jolies sandales. Une rouge au pied gauche et une verte au pied droit.

— Oui, m'sieur Œuf de Reims. Des tongs assortis à mes chaussettes.

— C'est ravissant. Alors, que se passe-t-il ?

— Voilà, m'sieur Huile de Rance. Figurez-vous que je m'étais rendue chez « Chine-Chine », qui est une sorte de magasin en forme de bazar turc, lorsque j'ai vu à travers la vitrine une grande caisse noire et brillante, où l'on avait empilé un assortiment de tongs superlatifs ! Alors...

— Boulotte a été enlevée, coupe Françoise.

— Par qui ?

— La bande du Furet.

Le reporter siffle entre ses dents, s'assied sur un fauteuil et sort sa pipe de sa bouche pour se frotter le crâne en soulevant la visière.

— Diable !

— Comme vous dites, mon cher.

Françoise et Œil de Lynx réfléchissent quelques secondes en silence, ce qui laisse le temps à Ficelle de reprendre l'offensive.

— Je disais donc que j'étais en admiration devant les tongs...

Son discours est interrompu par la ritournelle du portable de Françoise.

— Allô ?

— Fantômette ? C'est ton ami le Furet, qui te parle. Écoute-moi bien, ma grande. On tient la joufflue, ta copine. Alors voilà ce que tu vas faire. Tu vas...

Françoise coupe la communication, se mord les lèvres. Œil de Lynx a déjà deviné.

— C'est le Furet, hein ? Il fallait s'attendre à ce qu'il appelle. Et qu'est-ce qu'il réclame, le sale bonhomme ?

— Je n'en sais rien, et je ne veux pas le savoir. Nous sommes exactement dans la situation du feuilleton qui a été diffusé hier...

— Le coup du garçon enlevé ? Je l'ai vu. Le père a refusé de parler avec le kidnappeur, et c'est ce que vous êtes en train de faire ?

— Exactement.

Ficelle saute sur place.

— Je l'avais deviné ! Et j'en ai déjà parlé ! J'ai même inventé que Boulotte allait subir le supplice de Tenture ! On va se cacher dans la rue et, quand le Furet va mettre une lettre dans la boîte, on va le poursuivre en voiture. Il capotera dans le fossé et je l'arrêterai ! Ça vous fera un bel article, pas vrai, m'sieur Œil de Machin ? Avec un grand titre : « La belle Ficelle arrête le Furet et sa bande ! » C'est pour le coup que Fantômette va en éclater de jalousie ! C'est une mirafique idée ficellienne, non ?

Françoise admet :

— Ton idée de poursuite est bonne, mais le tacot de notre ami Œil de Lynx est un peu moins rapide que la voiture de sport qu'avait M. Fasol dans le film.

Le journaliste est sur le point d'affirmer que sa guimbarde est capable d'atteindre le trente à l'heure par vent arrière, quand trois coups de sonnette retentissent. La brunette explique :

— C'est le facteur. Il sonne toujours trois fois.

Elle s'en va à la boîte, en sort une lettre portant l'indication « Fantômette, 13 rue des Roses, Framboisy ». Elle ouvre l'enveloppe, y trouve ce texte qu'elle lit à haute voix.

Chère Fantômette,

quand tu liras ces mots, je t'aurai déjà téléphoné. Mais je suppose que tu m'auras raccroché au nez. Donc je poste cette lettre à l'avance. Tu vas te rendre à Viendon-Situloze, dans la villa d'Onman-Tanpa. Je t'expliquerai ce que tu devras faire. Évidemment, si tu ne viens pas, ton amie la gourmande va passer une très mauvaise journée.

D'ici là, je t'envoie mes amitiés bien sincères,

Ton dévoué Furet.

Françoise éclate :

— Ses amitiés bien sincères ! Ah ! Le brigand ! Il se paie ma tête. Je lui en flanquerai, moi, des amitiés bien sincères !

Ficelle lit la lettre, se gratte le bout du nez.

— En tout cas, il est très poli, le Furet. Moi, j'aimerais bien recevoir du courrier comme ça. La semaine dernière, Bernard Tichaud m'a envoyé une lettre qui commençait par « triple andouille ». Est-ce que c'est un signe d'amitié ?

Œil de Lynx commente :

— De toute façon, c'est fichu pour la

poursuite, maintenant. On ne le coincera pas en l'attendant ! Je le soupçonne d'avoir vu le feuilleton, lui aussi. Il a flairé la réaction de Fantômette.

Ficelle se frappe soudain le front :

— Dites donc, je découvre un truc tout à fait bizarrant ! Pourquoi le Furet a-t-il marqué « Chère Fantômette » ? Il n'y a personne ici qui s'appelle comme ça ! ! ! Il s'est trompé en expédiant sa lettre chez Françoise !

La brunette esquisse un sourire :

— C'est une erreur qu'il a commise. Tu sais, ce bandit n'est pas très intelligent.

— Ah ! T'as raison ! S'il t'a confondue avec Fantômette, c'est vraiment parce qu'il est complètement idiot !

Un silence ponctue ce jugement, qui semble faire l'unanimité. Ficelle tire sur son nez pour l'allonger, fronce les sourcils et affirme :

— En réfléchissant avec une force de dix kilowatts, voici ce que je trouve. Premièremo, le Furet a kidnappé Boulotte.

Deuxièmemento, il a envoyé par la poste une lettre pour dire à Fantômette de se rendre dans la villa du chanteur Jépabocou-Devoi. Troisièmismo, comme il s'est trompé d'adresse, c'est cette gourde de Françoise qui a reçu le papier, et non Fantômette. Donc elle ne se rendra pas dans le pavillon et le Furet se vengera sur Boulotte. Il va peut-être la couper en dix-neuf morceaux ou la priver de dessert pendant trois semaines au moins. La pauvre mourira de faim. Donc, il faut qu'une fille couragiste et intrépendante prenne la place de Fantômette et aille voir le Furet pour sauver Boulotte. Et donc, quatrièzimo, c'est la grande et belle Ficelle qui va se charger de cette mission impassible !

Il y a bien longtemps que le journaliste a cessé de fumer, mais d'un geste machinal, il tapote le fourneau vide de sa pipe dans un cendrier devenu purement décoratif.

— Nous te félicitons, chère Ficelle, mais l'entreprise dont tu parles est extrêmement dangereuse. Le Furet n'hésiterait pas à te couper le cou, si l'envie lui prend.

— Ah ! Vraiment, vous croyez ?

— Oui. Tu es très courageuse, d'accord, mais ce n'est pas un travail pour toi. Je pense qu'il vaut mieux laisser agir le commissaire Pomme, par exemple.

— Oh ! Vous dites ça parce que vous voulez m'empêcher d'arrêter le Furet ! Vous voulez me priver de ma gloire éternelle !

— Je t'assure que non, ma chère Ficelle. Tiens, je vais te faire une proposition. Si tu rédiges un article sur les tongs, les différentes couleurs, les modèles, les prix, je le ferai passer à l'antenne d'Eurotélé.

— Sans blague ? C'est vrai, ça ?

— C'est juré, Ficelle ! Parole de menteur !

La grande penseuse réfléchit dix millionièmes de seconde, pesant le pour et le contre. Puis elle fournit sa conclusion :

— Alors c'est d'accord, m'sieur Truc de Machin ! Je m'occuperai de mes tongs et vous du Furet. Mais faudra me faire un rapport en six exemplaires sur papier jaune. J'en enverrai un à Mlle Bigoudi, un au facteur, un à la reine d'Angleterre, un au président de la République, un au...

chapitre 8

Un projet grandiose

L'arrivée de la guimbarde du journaliste, ferraillante et pétaradante, manque de discrétion. Mais en cette heure de l'après-midi, les larges avenues du quartier sont désertes. Fantômette désigne la rutilante villa du chanteur.

— C'est celle-là, après le bassin, le long des arbres. Vous pouvez m'arrêter ici ?

— Je vous accompagne ?

— Inutile. Je préfère que vous restiez à l'arrière, pour aller chercher du secours si ça tourne mal.

— Vous risquez gros, ma chère.

— Je sais. Mais si j'avais peur, je ferais un autre métier. Salut, Œil.

Elle fait un petit geste de la main, souriant derrière son masque, saute hors du tacot et s'éloigne vers le pavillon, laissant voleter sa cape en sifflotant le nouveau tube :

Comme je n'avais plus de crème hydratante,
J'ai piqué les pots qu'étaient chez ma tante.

Le journaliste a coupé le contact, faisant cesser le vacarme du moteur. Il sort son portable, prêt à appeler le commissaire Pomme.

— « Les prochaines minutes vont être cruciales », dirait un journaliste de pacotille. Mais moi, Œil de Lynx, j'affirmerai plutôt que ça va bouillir.

Fantômette a appuyé sur le timbre d'une sonnette. Elle entre dans le jardin qui précède la villa, puis disparaît dans le bâtiment.

Alpaga a ouvert la porte et accueilli la visiteuse avec son sourire napolitain pur sucre. Il l'a conduite dans un vaste séjour, où le Furet, à demi couché sur un divan, feuillette *Horreur Magazine*, une publication riche en drames divers et horribles. Il s'est levé en glapissant :

— Ah ! Mais c'est notre chère Fantômette nationale ! Quel plaisir de recevoir ta visite ! Tu passais par là et tu as vu de la lumière. Tu as bien fait d'entrer. Ce fauteuil te tend les pieds. Whisky-limonade ? Anis-limonade ? Cognac-limonade ? Non ? Tu as raison, la limonade, c'est dangereux pour la santé. Alors, ma chère, où en étions-nous ?

— Où est Boulotte ?

Le bandit esquisse une grimace douloureuse.

— Ah ! Non, non. Laissons un peu de côté cette goulue incorrigible. Occupons-nous plutôt de ce beau projet que j'ai mis sur pied et auquel tu vas participer. Crois-moi, ce sera un grand honneur pour toi !

— Ça ne m'intéresse pas.

— Mais tu ne sais même pas de quoi il s'agit ! Oui, je te sens impatiente d'apprendre quel rôle tu vas jouer. Voilà. Tu n'ignores pas que mes amis et moi avons fait divers séjours en prison...

— Je suis bien placée pour le savoir. C'est moi qui vous y réexpédie chaque fois que vous vous évadez !

— Justement ! C'est précisément le motif de ta venue.

Du coup, l'aventurière prête l'oreille. Qu'est-ce que cette fripouille a encore mijoté ? Heureux d'avoir retenu l'attention de son invitée, le Furet balaie l'espace d'un grand geste.

— Mon projet est énorme ! Je veux que tous les voleurs, bandits et escrocs deviennent honnêtes. Qu'ils cessent de commettre des crimes ou des délits pour pratiquer des métiers utiles, comme boulanger, cultivateur de melons, fabricant de gommes à effacer ou marchand de chouchous sur les plages. Qu'en dis-tu ?

— Vaste programme ! Mais qu'est-ce que je viens faire là-dedans ?

— Voilà. Ce projet va consister à organiser de nombreuses conférences sur l'intérêt d'être honnête, avec distribution de brochures dans toutes les prisons, de DVD, de tee-shirts portant le logo « Je bosse, moi ». Comme tout cela va coûter très cher, je te demanderai de nous aider à trouver de l'argent en sollicitant ceux qui en ont beaucoup, comme, par exemple, les voleurs de banque ou les braqueurs de fourgons transportant des fonds. Qu'en dis-tu ? Convertir les bandits à l'honnêteté, ça devrait te plaire, toi qui es justicière de profession ?

Fantômette se met à marcher de large en long, mains dans le dos, tout en réfléchissant. Puis elle s'arrête et fait la moue.

— C'est un drôle de truc, ce que vous me demandez. Ouais. Ça sent l'arnaque à plein nez ! Ça ne tient pas debout ! Vous me voyez en train de faire la tournée des banlieues avec une corbeille à la main, en réclamant : « Donnez-moi un petit billet, s'il vous plaît, c'est pour que les pilleurs de bijouterie aillent planter des patates ! » Tout le monde va rigoler !

Le visage du Furet vient de changer d'expression. Son sourire de représentant en fruits confits devient celui du boxeur Jo Nice, quand il s'apprête à lancer un direct dans la figure du poids lourd Gospel Atart. Il grince :

— Très bien ! Je me doutais que tu allais me poser des problèmes. Mais j'ai pris mes précautions. On va te montrer un petit truc qui te fera changer d'avis. Alpaga, fais-lui voir notre court-métrage.

— Tout de suite, désiré Furet !

L'homme au menton impeccablement rasé sort de sa poche la caméra, dont il fait pivoter l'écran miniature, et la met en marche. L'image est petite mais bien nette. Bulldozer se penche sur Boulotte ligotée à la chaise et lui fait ingurgiter de la choucroute par poignées. La malheureuse n'a pas le temps de mastiquer le chou et les saucisses de Francfort. Tout s'enfourne dans son gosier à une vitesse accélérée !

La surprise, l'horreur de découvrir ce spectacle abominable ont laissé Fantômette sans voix. Le Furet ironise :

— Tu ne diras pas que nous la laissons mourir de faim, hein ? Elle a tout ce qu'il lui faut, cette petite gourmande. Et quatre fois par jour. On continuera jusqu'à ce que tu obéisses à mes ordres.

— C'est horrible, ce traitement !

— Je sais. Mais c'est tout de même moins cruel que de la priver de quiche lorraine. N'est-ce pas, Alpaga ?

— C'est certain, chef considérable. On pourrait même l'empêcher de manger des spaghettis à la bolognaise, si on était vraiment méchants.

— Alors, Fantômette ? À toi de décider.

L'aventurière se rend compte qu'elle n'a plus le choix. D'ailleurs, ce que le Furet lui demande d'accomplir n'est pas tellement répréhensible. Collecter des fonds pour une bonne œuvre, elle l'a déjà fait, en faveur des inondés de la tour Eiffel ou des centenaires en bas âge. Elle pousse un soupir.

— D'accord. Vous avez gagné. Alors, que voulez-vous que je fasse, au juste ?

Un mince sourire revient sur le visage du chef. Bien sûr qu'il a gagné ! Son intelligence exceptionnelle lui permet de triompher de ses adversaires, surtout lorsqu'il s'agit d'une gamine sans cervelle, comme cette Fantômette, qui prétend rendre justice elle-même ! Il se détend, boit une gorgée d'un cocktail fort – limonade mélangée à de l'eau gazeuse –, puis explique :

— Tu vas rencontrer Chimpanzé, un ami à nous qui a reçu ce surnom parce qu'il est capable de faire un saut périlleux sur le toit d'une banque. C'est un genre d'acrobatie dont tu as l'habitude, non ?

— Sauf que j'évite de cambrioler les banques, moi.

— Je sais, je sais. Chimpanzé, lui, est un monte-en-l'air. Il a travaillé dans un cirque autrefois. Un type très intéressant. Je vais te raconter son histoire.

Il boit une gorgée et raconte ainsi :

— Tout a commencé il y a une douzaine d'années. Chimpanzé allait de temps en temps perdre un peu d'argent au casino de Baignoires-les-Bains. Puis, un jour, il en a eu assez de ne jamais rien gagner, et il a décidé de rafler la recette du casino. Opération difficile et risquée. Mais Chimpanzé a pris son temps. D'abord en observant de quelle manière et à quel moment l'argent était rassemblé et caché dans un coffre du casino, puis par quel chemin on l'en faisait sortir pour le mettre à la banque du « Guignol Lyonnais ».

— Un établissement de confiance ! intervient Alpaga. Moi-même j'y dépose mes économies, quand j'en ai.

— C'est-à-dire pas souvent, Alpaga. Je continue. Chimpanzé est arrivé un soir avec une mallette contenant une mitraillette. Il a annoncé joyeusement qu'il allait s'emparer de la caisse, ce qui a fait rire le directeur.

Notre coquin a braqué les employés et rempli sa mallette de bon argent. Puis il s'est échappé et a caché son magot. Devine où, Fantômette ?

— Je ne sais pas, moi. Sous son lit... au fond d'une armoire... dans un coin du jardin ?

— Pas du tout ! Il a été le porter... à la banque du « Guignol Lyonnais », tout simplement.

— Quoi ? Dans le même établissement ? Mais il a un culot infernal, ce bonhomme !

— Tu l'as dit. Et qui aurait pu se douter que l'argent était dans la salle voisine des coffres utilisés par le casino ? Deux coffres voisins, mais qui portent des numéros différents.

— Mais comment a-t-on su que Chimpanzé avait caché les billets à cet endroit ?

— Un soir qu'il avait trop bu, il l'a confié à un autre détenu.

— Ah ! parce qu'il est en prison, Chimpanzé ?

— Bien sûr.

— Bon alors, qu'est-ce que vous me demandez ?

— Une chose très simple. Tu es toujours en relation avec le journaliste Œil de Lynx ? Celui qui a fait des reportages dans les prisons ?

— Oui, je le vois de temps en temps.

— Tu vas lui proposer de faire un nouveau reportage dans la prison de Meslogis-Fleuris. Et tu exigeras de l'accompagner. Vous rencontrerez Chimpanzé et lui demanderez le numéro de son coffre. Son argent doit servir à mon grand projet, la conversion des détenus à l'honnêteté.

— Vous croyez qu'il acceptera de donner son magot ?

— S'il refuse, tu pourras employer un autre argument, beaucoup plus convaincant. Dis-lui que je le ferai évader.

— Ah ! Oui, ça pourrait l'intéresser beaucoup plus que votre entreprise de charité publique !

Fantômette tripote nerveusement le pompon qui orne sa cagoule. Elle résume la situation.

— En somme, vous projetez de le faire évader pour récupérer l'argent qu'il a volé au casino ?

— Heu... Disons que c'est à peu près ça, en gros.

Alpaga examine ses yeux dans une glace de poche et approuve :

— Notre admirable Furet a mis au point une opération fabuleuse !

— Une sacrée fumisterie, oui ! Je n'ai pas du tout envie d'être la complice d'une pareille énormité !

Le Furet hoche la tête tristement :

— Tu as déjà oublié ton amie Boulotte ? Bulldozer peut l'écraser comme un moustique.

L'aventurière serre les poings et lance :

— Je vais faire ce que vous demandez, mais ne croyez pas que vous profiterez de l'argent. C'est Fantômette qui vous le garantit !

Furieuse, elle sort à grandes enjambées, sous le regard ironique des deux malfrats. Bulldozer fait un gros effort pour réfléchir, perplexe et transpirant. Il demande enfin :

— Mais, chef, j'comprends pas. Vous avez changé de projet ? Vous voulez qu'on devienne tous honnêtes ? Même moi ?

— Mais non, gros ballot ! Je ne pouvais quand même pas révéler à Fantômette notre projet d'entreprise d'évasion ! Alors je lui ai raconté un bobard, un truc à la noix ! Cette histoire de rendre honnêtes les bandits, c'est de la rigolade ! Mais comme ça, cette fille ne nous causera pas d'ennuis, puisqu'elle ne se doutera de rien.

— Ah ! Alors du moment que je peux continuer à dévaliser les bijouteries, ça m'va. Ben, toutes ces explications, ça m'a donné faim. J'va me taper une petite choucroute !

chapitre 9

Chimpanzé

Œil de Lynx mâchonne le tuyau de sa pipe, inquiet.

— Qu'est-ce qu'elle trafique ? J'espère que le Furet va la laisser repartir, sinon je lui envoie le commissaire Pomme, les C.R.S., le SAMU et les pompiers... Ah ! la voilà...

Fantômette vient de ressortir de la villa, apparemment sans difficulté. Elle rejoint la 2 CV, s'assied et pousse un « ouf ! » de soulagement.

— Pas mécontente d'être avec vous plutôt qu'en compagnie de cette bande d'abrutis !

— Ils vous ont causé des ennuis ?

— Oh ! Moi, ce n'est rien, mais la pauvre Boulotte s'est trouvée dans une situation effroyable. On l'a obligée à *manger* !

Le journaliste se met à rire.

— Ça ne devrait pas la gêner !

— Mais si ! Bulldozer la gave de force, comme une oie qu'on engraisse ! Heureusement que j'ai pu arrêter cette horreur en promettant au Furet de lui obéir.

— Que veut-il ?

— Que nous rendions visite à Chimpanzé à Meslogis-Fleuris. Il devra nous donner le numéro d'un coffre-fort contenant des billets volés au casino de Baignoires-les-Bains. Pour l'amadouer, le Furet promet de le faire évader.

— Diable ! Rien que ça ! Et si nous refusons ?

— Ils recommenceront à torturer Boulotte. Ou ils la tueront, tout simplement.

Œil de Lynx réfléchit tout en tirant sur sa pipe vide. Il suggère :

— Ce n'est pas Chimpanzé qu'il faut

faire évader, c'est Boulotte. Si nous y parvenons, nous pourrons envoyer balader le Furet. Il n'aura plus aucun moyen d'action sur nous. Où est-elle enfermée ?

— Peut-être dans la villa, peut-être ailleurs. Mais ce serait terriblement risqué, vous savez ? Ils doivent la surveiller de près.

— Oui, vous avez raison. On ferait peut-être mieux d'aller voir Chimpanzé. Et si les choses tournent mal, on appellera la cavalerie, comme au Far West.

Il met le contact, démarre dans un fracas de marteau piqueur. Une heure plus tard, il gare sa guimbarde dans la cour de la préfecture de police, puis pénètre dans le bureau du commissaire Basset, un gaillard de deux mètres de haut, ancien camarade de classe. Dix minutes plus tard, Œil de Lynx sort du bâtiment avec une autorisation de visite.

— C'est dans la poche, Fantômette ! On va aller voir à quoi ressemble l'acrobate.

*
* *

— Voyons... par où je commence ? Par le début ou par la fin ? Tiens, c'est ça, je vais commencer par la fin. Ce sera plus original.

Ficelle a pris place devant l'ordinateur. D'un index hésitant, elle compose un texte qui racontera ses fabuleux exploits au monde entier, sur le site http ://ficelle.free.fr. Nous nous permettons de rectifier les innombrables fautes d'orthographe pour faciliter la lecture.

Moi, la grande et belle Ficelle, je me suis engagée dans une enquête faramineuse, qui laissera pantoises toutes les internautes de l'univers. Il y aura d'abord une étude très détaillée sur les tongs bleus et sur les chaussettes jaunes qui vont avec. Pour que le pouce du doigt de pied s'incruste bien autour de la bride plus commodément, il faut prendre des ciseaux et couper le bout de la chaussette. Après, je vous parlerai du Furet qui a enlevé Boulotte. Il a essayé de parler au portable, mais Françoise a appuyé sur le bouton pour le faire taire. Il croyait que c'était Fantômette, ce crétin verdâtre ! Je vous demande un peu ! S'imaginer que Françoise pourrait courir après de assassins brevetés, faut vraiment être barjo[1] *!*

*

* *

Le surveillant déverrouille la porte et crie :

— Chimpanzé ! Au parloir !

Le prisonnier se soulève à demi sur sa paillasse et grogne :

— Qui me demande ?

— Tu le verras quand tu y seras. Allez, grouille ! Je ne vais pas poireauter une heure.

On ne doit certes pas confondre le voleur

1. Croire qu'une de mes élèves pourrait courir la nuit après des malfaiteurs, c'est une idée ridicule ! (Note de Mlle Bigoudi.)

avec un singe, toutefois certains détails physiques peuvent rappeler les lointains cousins qui gambadent entre les branches des baobabs. Une silhouette fluide, des bras interminables, un front fuyant, des yeux rapprochés et un menton saillant peuvent en effet justifier le surnom de l'individu, qui n'a pourtant guère l'occasion de batifoler dans son étroite geôle.

Le gardien conduit Chimpanzé au parloir, un local coupé en deux par une longue table, derrière laquelle est assis un homme blond mâchant une pipe et une fille vêtue d'un blouson jaune, d'une cape noire et rouge, et dont le visage est caché par un masque.

— Monsieur Chimpanzé, je présume ? Je m'appelle Œil de Lynx, reporter à Eurotélé, et voici...

— Fantômette, oui, je connais. Vous êtes venus contempler le singe savant ?

— Oh ! Pas du tout. Ceci n'est pas une ménagerie. Je suis chargé par un certain Furet de vous faire une proposition.

Le détenu lève d'épais sourcils.

— Le Furet ? Tiens ! Qu'est-ce qu'il devient celui-là ? Il n'est pas en prison, comme moi ?

— Pas pour l'instant.

— Alors ça ne durera pas. Que me veut-il ?

— Il suggère que vous nous indiquiez le numéro du coffre qui contient certains billets. Ils proviennent du casino de Baignoires-les-Bains. Vous êtes au courant, n'est-ce pas ?

— Moi ? Pas du tout ! Je n'ai jamais mis les pieds dans ce casino. D'ailleurs, c'est un genre d'établissement que je ne fréquente pas.

Œil de Lynx se mord les lèvres et Fantômette émet un léger sifflement qui exprime une certaine surprise. Le Furet leur aurait-il raconté une jolie fable ? Serait-il possible que Chimpanzé ne soit pour rien dans le braquage dont a été victime le casino ? Un silence s'établit, permettant à chacun de remuer les muscles de son cerveau[1]. La justicière scrute avec une attention extrême le visage du prisonnier. Elle parvient à y déceler comme une amorce de sourire. Oh ! Très léger. Juste un petit plissement des lèvres. Peu de chose, mais caractéristique. Fantômette a vite fait de traduire mentalement cette risette. « Il se paie notre tête, le coquin, songe-t-elle. Il est parfaitement au courant de l'affaire, puisque c'est lui qui a attaqué le casino. » Elle décide de prendre l'offensive.

— Monsieur Chimpanzé, je conclus que vous n'êtes nullement coupable dans cette circonstance. Si toutefois vous aviez connaissance, par hasard, d'une personne qui en saurait plus long ; quelqu'un qui, éventuellement, se souviendrait de ce fameux numéro, sachez que le Furet serait disposé à considérer votre cas avec la plus grande bienveillance.

— Qu'entendez-vous par là ?

1. Absurde ! Il n'y a pas de muscles dans le cerveau. (Note de Mlle Bigoudi.)

— Cet excellent Furet a de nombreuses relations. Il connaît toutes sortes de gens qui seraient disposés à vous apporter de l'aide.

— De l'aide ? Dans quel sens ?

— Eh bien, supposons que vous ayez envie de changer de place. D'occuper un autre logis. Assez loin d'ici. Par exemple, aux Antilles, à Tahiti, aux Seychelles. Est-ce que cela vous intéresserait ?

— Peut-être. Mais vous n'avez pas remarqué que je suis enfermé ici ?

— Oh ! Si ce détail vous gêne, ça peut s'arranger !

Un nouveau silence s'établit. Chimpanzé se caresse le menton, puis fait un geste d'assentiment.

— Bon, ne chipotons pas. Je suis d'accord pour vous fournir le numéro, mademoiselle Fantômette.

— Très bien. Ensuite, le Furet organisera votre évasion.

— Pas question ! Je sors d'abord ! et

ensuite, je donnerai le numéro. C'est à prendre ou à laisser.

Il se lève, fait signe au gardien et va vers la porte. Avant de sortir, il se retourne et lance :

— Tout ce que je peux vous indiquer comme numéro, c'est celui de ma cellule. La 813.

Nos visiteurs restent un instant bouche bée. Puis Œil de Lynx conclut :

— Eh bien ! Avec ce coco-là ça ne va pas être de la tarte !

chapitre 10

Nouveaux projets

— Chef, y a un pépin.

— Quoi donc, Bull ?

Le gros ventru plisse le front, serre les lèvres et les poings, apparemment fort mécontent. Il mastique ses mots :

— Y a que les frigos sont vides !

— Comment ? Ils étaient remplis de provisions lorsque nous sommes arrivés ! Tu as déjà tout mangé ?

— Oh ! Ce n'est pas moi, chef. Moi, j'fais que grignoter. Mais c'est la Boulotte. Qu'est-ce qu'elle peut s'empiffrer, celle-là ! Rien qu'avec les séances de torture, y a plus de conserves ! Faut que j'aille au supermarché.

— Eh bien, vas-y !

— J'ai plus un rond, chef !

Le Furet exhibe une carte de crédit.

— Tiens, sers-toi de ça.

— Ah ! Vous avez un compte en banque, chef ?

— Non, c'est la carte d'Alpaga. Je lui ai piquée.

Le balourd sort et le chef se replonge dans la lecture d'*Horreur magazine*, qui publie une nouvelle absolument passionnante : *Le cimetière des squelettes désossés*. Le do-mi-sol du portable l'interrompt.

— Allô ! J'écoute !

— Ici Fantômette. Nous venons de rencontrer Chimpanzé.

— Ah ! Très bien. Tu as de bonnes nouvelles à m'apprendre ? Il va nous donner son numéro ?

— Oui.

— Paaarfait ! Tous mes compliments.

— Attendez ! Il nous le donnera *après* que nous l'aurons fait évader.

— Quoi ? ? ?

— Oui, il est comme ça, l'animal. Pas aussi bête que vous le croyez, hein ?

Le Furet reste silencieux. S'il faut commencer par organiser une évasion, la récupération du magot va devenir nettement plus difficile.

— Bon, je vais réfléchir. Je te rappellerai.

Il est plongé dans ses réflexions, lorsque apparaît Alpaga, rayonnant dans un costume moutarde qu'il vient de repasser à la vapeur. Il s'est servi d'une machine automatique qu'a fait installer le chanteur.

— Que pensez-vous de mon trois-pièces en paille de riz ? Une création du couturier japonais Jim Patatas. Une merveille, n'est-ce pas ? Vous avez vu ces poches à cadenas, pour décourager les pickpockets ? Et ce pantalon avec un tube pour chaque jambe ? C'est astucieux, non ? Mais je vois que vous méditez, indispensable Furet.

— Oui, il y a un petit ennui.

— Ah ! Que se passe-t-il ?

— Chimpanzé veut bien nous donner le numéro de son coffre, à condition que nous le fassions évader.

— Et... ça pose problème ? Les évasions, ça vous connaît, splendide Furet !

— C'est vrai, j'ai quelque expérience. Mais notre Chimpanzé est enfermé à Meslogis-Fleuris, d'où personne ne s'est encore échappé.

— Eh bien, il y a un commencement à tout, comme disait le brigand Patafioli quand on l'a pendu.

Le Furet tire d'une de ses poches une feuille de papier qu'il déplie sur une table. C'est un plan d'architecture, où l'on peut voir un vaste bâtiment entouré de hauts murs.

— Voilà le plan de Meslogis-Fleuris. On peut s'y fier, parce qu'il a été dessiné par un des constructeurs.

— Il vous en a fait cadeau, honorable chef ?

— Je le lui ai échangé contre dix lingots d'or en plomb. On remarque tout de suite l'épaisseur des murs. Du béton armé partout. Du solide ! Il faudrait de l'artillerie lourde pour défoncer ces fortifications.

— Donc, on ne peut pas se servir de la force ?

— C'est impossible, Alpaga. Il ne reste que la ruse.

— Oh ! Alors je vous fais confiance, chef extraordinaire. Pour ce qui est d'inventer des coups tordus, vous êtes le champion !

Le bandit ferme à demi les yeux, savourant le compliment. Il déclare, après un coup d'œil à sa montre.

— Je me donne trois minutes pour trouver une idée originale d'évasion !

Respectant la méditation de son chef, Alpaga se tait, debout devant une glace, où il peut à loisir contempler son image. Oui, le pli du pantalon est impeccable, le gilet, parfaitement ajusté et le veston, bien coupé. La chemise violette est assortie à la cravate orangée et les chaussettes jaunes sont en harmonie avec les mocassins rouge sang. Le

Furet regarde à nouveau le cadran et annonce :

— Ça y est ! Les trois minutes sont écoulées !

— Alors, imaginatif Furet ?

— Je n'ai rien trouvé.

*

* *

Veuillez écouter attentivement ce qui est écrit sur l'écran. C'est un message secret de la grande et belle Ficelle sur le site de son web du net. Voici les dernières nouvelles les plus récentes au sujet de l'enlèvement de Boulotte, qui a été kidnappée par le Furet, de sorte qu'elle est ravie. D'après mon opinion personnelle, il la rendra à son propriétaire contre une rançon que je vais vous détailler avec le catalogue gratuit de supermarket, qui était dans ma boîte aux lettres, en compagnie d'un prospectus sur le nettoyage à sec des chiens. Mais ça ne m'intéresse pas, parce que je n'ai pas de chien. Donc Boulotte sera libérée en échange de dix paquets de nouilles « Bella Siciliana ». Envoyez ces machins à M. Le Furet avec l'adresse sur le net du web. Attendez, je m'arrête parce que je viens d'entendre la sonnerie de la porte et un boucan que c'est sûrement la casserole d'Œil de Lynx.

*

* *

— Bonjour, Ficelle !

— Ah ! Salut, m'sieur Œil de Truc ! Bonjour, Françoise. Vous tombez à pitre ! Je viens justement de coller une visite sur mon ftp ! Vous allez voir comme c'est intéressant. Je parle de Boulotte. C'est moins passionnant que quand je parle de moi, mais enfin, faut bien s'occuper un peu de cette pauvre gamine qu'est enfermée dans une geôle humide et au pain sec...

La brunette l'interrompt :

— Justement, c'est au sujet de Boulotte que je viens te voir.

— Ah ! Tu as des nouvelles ?

— Non, mais je ne voudrais pas que tu te trouves dans sa situation. Il est très possible que le Furet t'enlève également. Pour être plus menaçant, tu comprends ?

— Heu... Pas tellement.

— En ce moment, il s'en prend à Boulotte pour obliger Fantômette à lui obéir. Mais si, en plus, il te kidnappe, il aura deux prisonnières à sa disposition, et Fantômette devra être encore plus obéissante. Tu vois ce que je veux dire ?

— Ah ! Oui, bien sûr. J'avais compris du premier coup. Alors ?

— Il ne faut pas qu'il puisse te capturer. Tu dois te cacher et, surtout, ne laisser entrer personne.

— Même toi, je ne dois pas te laisser passer ?

— Si, mais il faut vérifier d'abord qui sonne à ta porte.

— Bon, d'accord. J'empêcherai Œil de Lynx d'entrer. Et tu sais, je viens déjà d'inventer l'endroit où je vais me cacher : dans le lave-vaisselle[1] ! Mais faudra d'abord que j'enlève les vieilles assiettes, parce que, sinon, je n'aurais pas assez de place. Pourtant, je suis fine comme une passoire, tu sais ? Mais c'est tout de même dommage que le Furet ne m'enlève pas, parce que je serais ravie comme une princesse du Moyen Âge. Et puis...

Le portable de Françoise joue sa petite ritournelle.

— Allô ! Ici Fan... Françoise !

À l'autre bout du département, le Furet lance une convocation :

— J'ai besoin de vous, tout de suite !

— Oui, mon mignon. Je viendrai en temps voulu et quand je voudrais. En voilà un malpoli, qui ne dit même pas « bonjour » ou « s'il vous plaît » ! Œil !

— Oui ?

— J'ai besoin de vous, tout de suite !

La 2 CV repart avec les deux enquêteurs.

1. Ce genre d'appareil ménager n'a pas été prévu pour servir de cachette. D'ailleurs, les élèves intelligentes ne perdent pas leur temps à jouer à cache-cache ! Elles font leurs devoirs et étudient leurs leçons. (Note de Mlle Bigoudi.)

Sur le pas de la porte, Ficelle agite la main en criant :

— Surtout, ne vous inquiétez pas ! Si le Furet vient, je lui dirai que je ne suis pas là !

chapitre 11

Boulotte s'échappe ?

Comme lors de sa première visite, Fantômette fait arrêter la guimbarde à cent mètres de la villa. Œil de Lynx propose :

— Cette fois-ci, j'ai bien envie d'aller avec vous. Pendant que vous bavarderez avec ces messieurs, j'essaierai de trouver Boulotte. Elle est peut-être enfermée à l'étage ou au sous-sol.

— Vous croyez qu'ils vont vous laisser faire ?

— Je peux toujours tâcher de fouiner dans les coins, s'il y a moyen d'entrer dans la maison. Passez devant et, deux minutes après, je saute la clôture.

— Bon, entendu. Mais c'est risqué. Soyez prudent.

— Je ne risque rien. Ma devise, c'est « Ouvrir l'œil ! ».

L'aventurière s'approche de l'entrée et sonne. C'est encore Alpaga qui la reçoit, bombant le torse pour mettre en valeur une cravate d'un goût exquis, sur laquelle on peut admirer Miss Univers passant l'aspirateur dans sa chambre. L'homme à la chemise violette et au caleçon à fleurs roses[1] déclare à sa visiteuse :

— Chère petite mademoiselle, c'est toujours un immense plaisir de recevoir votre visite. Par ici, s'il vous plaît... Notre splendide Furet sera enchanté de vous voir. Il a hâte de s'entretenir avec votre incomparable personne...

Lorsque Fantômette entre dans le séjour, le Furet se lève d'un bond, se fendant d'un sourire dont il est plutôt avare. La justicière

1. Comme Alpaga porte un pantalon, on ne peut pas admirer les couleurs de son caleçon. Quel dommage ! (Note tristounette de Ficelle.)

pense : « Que de salamalecs ! Ils ont vraiment besoin de moi. Méfiance, ma petite... » Très mondain, le chef désigne un canapé tendu de soie bleue :

— Prenez donc place, chère amie... Alpaga, notre meilleure limonade pour notre illustre invitée. Un cigare ? Non, vous ne fumez pas encore. Mais ceci va peut-être vous intéresser davantage...

Avec la solennité d'un Christophe Colomb offrant à la reine d'Espagne la carte du Nouveau Monde, le Furet présente un plan de Meslogis-Fleuris.

— Voici la prison où est enfermé Chimpanzé. Avec toutes les dimensions, les détails des fenêtres et des escaliers. D'après vos indications, notre homme est ici, au 813.

La justicière n'a pas pour habitude de faire évader les détenus. Elle aurait même plutôt tendance à les ramener au pénitencier, comme un célèbre cow-boy de l'Arizona. Mais le problème qu'on lui soumet ne manque pas d'intérêt. Il est en tout cas plus attrayant que les calculs de robinets que propose Mlle Bigoudi. Elle désigne la cellule 813 :

— Je vois que c'est au premier étage, et que la fenêtre donne sur le boulevard de la Liberté. On dirait qu'il y a des arbres, des pelouses, des plantations...

— Cela a de l'importance ?

— Tous les détails sont importants, mon magnifique Furet. La police organise des rondes ?

— Oui, toutes les demi-heures, une voiture fait le tour de la prison à petite vitesse, pour voir s'il n'y a rien d'anormal. De jour comme de nuit, bien sûr.

— Bien. Sait-on combien mesure le mur extérieur ?

— Dix mètres. Un sauteur à la perche n'arriverait qu'à la moitié de cette hauteur. Vous pensez qu'il sera possible de faire évader Chimpanzé ?

— Disons que, pour l'instant, j'ai une très vague idée d'un commencement de projet...

*
* *

Œil de Lynx regarde à gauche, puis à droite. L'avenue est vide. Il se garde bien de sonner, préférant escalader la barrière en teck verni qui ferme l'entrée. Pour éviter de faire crisser les cailloux des allées, il foule une bande de gazon qui l'amène au pied de la villa. Un rapide contrôle des fenêtres du rez-de-chaussée le dissuade de passer par là, mais plutôt à l'arrière, là où s'étend un jardin fleuri. Il découvre une porte dont le battant cède sous sa poussée.

Le journaliste pénètre dans une vaste remise, où les jardiniers déposent leur matériel : binettes, pelles, sécateurs et échelles pour la cueillette des fraises. Dans un autre local, un atelier fortement équipé en outillage ressemble au « Paradis des Bricoleurs ». Un peu plus loin, d'innombrables appareils sportifs indiquent qu'Onman-Tanpa a d'autres activités que le play-back. Le journaliste se demande s'il ne devrait pas chercher l'escalier qui mène aux étages, lorsqu'un bruit étrange résonne dans ses tympans. Ce sont des sortes de craquements, de coups, de grincements, comme peut en produire un cambrioleur cherchant à fracturer une porte. Œil de Lynx tend l'oreille et tente de déterminer l'origine de ces crissements. Soudain, une idée lui vient à l'esprit.

— Mais oui, bien sûr ! J'ai compris. C'est cette pauvre Boulotte qui cherche à s'enfuir. Elle doit essayer d'enfoncer une porte... Ah ! ça vient de là... un garage peut-être...

Il trouve une porte, appuie sur la poignée, qui cède. Il pousse le battant et découvre, non pas un garage, mais une cave. Au milieu, une grande caisse en bois marquée « Vouvray-Chambertin » est attaquée par une paire de tenailles que manipule Bulldozer. Il a réussi à soulever le couvercle et un alignement de bouteilles enveloppées de paille apparaît. Il essuie son front couvert de sueur avec sa manche, et grogne :

— Fallait venir me donner un coup

d'main plus tôt. Maintenant, la caisse est ouverte.

Il extrait une bouteille, sort de sa poche un limonadier, ce couteau bien connu des garçons de café, débouche la bouteille et la tend au reporter.

— Un p'ti coup ?

— Heu... Non, merci.

Le gros bonhomme s'offre une large rasade et désigne le plafond.

— Les autres sont là-haut, dans l'séjour. Vous pouvez monter. Moi, j'm'en va déboucher trois-quatre bouteilles, ça s'ra pour le r'pas de ce soir.

Œil de Lynx sort de la cave, trouve, non pas une escalier, mais un ascenseur qui l'amène au rez-de-chaussée. Son arrivée provoque l'enthousiasme du Furet.

— Ah ! Notre grand reporter national ! Entrez, cher ami. Venez prendre part à la conversation. Nous travaillons sur un cas difficile, et votre avis va nous être précieux.

Fantômette se lève, se tourne vers le journaliste et s'enquiert de ce qu'il a pu voir au sous-sol.

— Un atelier pour faire des réparations ou du bricolage. Une salle contenant du matériel sportif, du bric-à-brac.

— Je vais jeter un coup d'œil.

Le Furet n'ayant pas élevé d'objection, tout le monde descend dans le gymnase. La justicière découvre, entre des skis nautiques et un canot pneumatique, un ensemble de pêche sous-marine. Costume en caoutchouc jaune, palmes, masque, arbalète à gaz comprimé, qui peut lancer un harpon. Elle prend l'arme et l'examine. Bulldozer commente :

— Avec un truc comme ça, j'ai failli attraper un mérou d'un bon mètre de long (il fait le geste classique du pêcheur). Ma flèche lui est passée juste devant le museau. J'avais fait exprès de ne pas le toucher. Une si belle pièce ! Tu veux faire de la pêche ?

— Peut-être. On verra. Il y a là des cordelettes qui m'intéressent... Allons voir un peu cet outillage.

Dans l'atelier, Fantômette a vite fait de

découvrir sur un établi une tronçonneuse électrique sans fil. Elle passe un index sur le bord rugueux du disque.

— Des dents en carbure de tungstène. Ça coupe l'acier comme du beurre. Eh bien, emportons tout ça. Quand voulez-vous faire évader votre Chimpanzé, mon bon Furet ?

— Heu... Le plus tôt possible.

— Disons ce soir, à la tombée de la nuit ? Nous prendrons votre tacot, Œil ?

Le Furet lève un sourcil.

— Comme véhicule discret, ce n'est pas l'idéal. Vous comptez stationner près de la prison, je suppose ?

— Oui, sous le mur d'enceinte. En laissant tourner le moteur.

— Mais ça va faire un potin d'enfer !

— Je l'espère bien !

*

* *

Ficelle prend place devant son ordinateur, l'allume.

— Voyons où en sont les visites de mon

site... Mes vissites ! Quoi ? Déjà trois en trois jours ! Une chaque matin ? C'est phénoménant ! Je suis une célébrité aussi grosse qu'une citrouille à carrosse ! Trois ficelfans qui s'intéressent à moi ? Françoise va être jalouse de ma renominée ! Voyons ça... *Ficelle, pourquoi es-tu si bête ?* Hein ? Bête, moi ? En voilà une question ! Une question complètement idiote, oui ! Qui m'envoie cette ânerie ? *Une grande admiratrice qui voudrait te ressembler*. Ah ! Bon... Alors, dans ce cas, ce n'est pas du tout une question stupide et je veux bien répondre... Et d'abord, est-ce que je suis si bête que ça ? En tout cas je n'ai pas tellement d'efforts à faire pour être bête. Ça vient tout seul, voilà. Tiens, c'est ça que je vais lui répondre : *Je suis très bête parce que je suis très douée*. Bon, très bonne réponse. Voyons la suite... *Ficelle, je suis amoureux de toi. Signé : le Prince Charmant*. Aaah ! Ciel vert ! Le Prince Charmant en personne et à cheval qui m'écrit ! Amoureux de moi ! C'est superlatif ! Je sens mes oreilles qui fondent comme mes économies au supermarché ! Françoise, Boulotte ! Vous entendez ça ? Où êtes-vous ? Ailleurs, quand il se passe un événement rotondissant !

Notre nouvelle amoureuse s'arrache une mèche de cheveux, se gratte la narine droite, tire la langue et lance des « pouf ! pouf ! pouf ! » avec sa bouche, manifestations de son émoi. On la comprend ! Quelle fille ne serait pas émue en recevant une déclaration d'amour écrite par l'un des plus grands séducteurs de tous les temps ?

— C'est pas le premier-né, ce prince-là ! Dire qu'il est capable de réveiller une princesse endormie depuis cent ans rien qu'avec un baiser, ou d'essayer une godasse aux petons de toutes les dames d'un royaume, même à celles qui ne prenaient qu'un bain de pieds par an, comme moi ! Faut le faire, hein ?

Elle réfléchit sur la marche à suivre et décide d'inscrire un message sur son écran. L'inspiration lui vient tout de suite :

Cher Prince Charmant,

Je suis aussi très amoureusement folle de toi, mais faut pas le répéter, et surtout pas à Françoise, qui serait jalouse. Donc, je te donne rendez-vous derrière l'école, après la sortie. Mais, pour que les autres élèves ne puissent pas te reconnaître, il faudra te déguiser en balayeur municipal, avec un balai à la main et une poussette pour ramasser les feuilles. Si tu ne me vois pas, c'est que je serai en train de faire la chasse au Furet. La grande et belle Ficelle te fait un énorme bisou sur la plume rouge que tu as sur la tête, en signe de ce que je suis amoureuse de toi. Mais faut pas le dire à tout le monde, parce que ce serait pas convenable, et Mlle Bigoudi me ferait copier dix fois le verbe ne pas donner de rendez-vous au Prince Charmant derrière l'école.

chapitre 12

La singulière évasion de Chimpanzé

La nuit est presque tombée, mais les réverbères qui se dressent entre les arbres apportent un éclairage peu favorable aux opérations projetées par Fantômette et Œil de Lynx. Celui-ci paraît sceptique.

— On y voit comme en plein jour ! Ce n'est pas l'idéal pour faire évader un prisonnier ! Si des gens s'approchent, qu'est-ce que je vais leur dire ?

— Que nous tournons une séquence de la « Caméra cachée » pour la télévision.

— Et s'ils demandent à voir les caméras ?

— Justement ! Comme il n'y en a pas, elles sont invisibles !

Le journaliste a réussi à coincer sa voiture entre un grand platane et le mur qui entoure la prison. Comme les portières ne pouvaient plus s'ouvrir, il a enroulé le toit de toile pour sortir par le haut. Il a fait la courte échelle à l'aventurière pour l'aider à se jucher sur une branche. Depuis ce perchoir, elle peut observer ce qui est au-delà du mur, c'est-à-dire les bâtiments de la prison. À mi-voix, elle annonce :

— Je suis en vue de la cellule 813, si les plans sont exacts. La fenêtre est juste en face de moi.

Elle décroche l'arbalète pendue à son épaule, la pointe au-dessus du mur en prenant pour cible le centre de la fenêtre. Puis elle retient sa respiration et appuie sur la détente. Avec un « Poum ! » de bouchon de champagne, le gaz comprimé se détend en projetant à toute allure un harpon qui remorque un fil de nylon. Crac ! Cling ! La flèche d'acier crève un carreau en le pulvérisant. Fantômette sourit.

— Bravo moi ! Joli coup. J'espère seulement que je n'ai pas tapé dans le nez de Chimpanzé...

Elle attend quelques secondes. Des voitures passent dans l'avenue de la Liberté, codes allumés, sans ralentir. Personne ne prête attention à cette voiture grise plaquée contre un mur de même teinte. Soudain, l'aventurière tressaille. Le fil qui part de la fenêtre pour aboutir au tambour du fusil vient de se tendre. Puis la bobine se met à tourner.

— Ça y est ! Il a compris ! Il est en train de tirer sur le fil...

Coinçant l'arme entre ses genoux, elle prend un rouleau de corde attaché à sa ceinture et, lorsque le fil est entièrement déroulé, elle en fixe l'extrémité à la corde. Elle donne deux ou trois tractions brusques pour prévenir le prisonnier, qui se remet à tirer, entraînant maintenant la corde dans sa cellule. Œil de Lynx lève les yeux et demande :

— Ça marche, là-haut ?

— Oui, au petit poil. Je vais accrocher

la tronçonneuse à la corde... Voilà, c'est fait...

Comme une cabine téléphonique, l'outil passe horizontalement au-dessus du mur, franchit l'espace qui le sépare de la prison et disparaît derrière les barreaux. Un instant après, s'élève le sifflement du disque métallique en train de scier un barreau.

— Vite, Œil, mettez le moteur en marche. Allumez les phares. Si des policiers s'approchent, dites-leur que vous êtes en train de recharger la batterie.

— D'accord.

Le tintamarre du moteur couvrant le raffut du disque, on obtient ce que l'on appelle un camouflage sonore[1].

Fantômette consulte le cadran de sa montre qui l'avait accompagnée dans son voyage autour de la Terre[2].

— La police va repasser dans un quart

1. La méthode n'est pas nouvelle. Jadis, lorsque l'anesthésie n'existait pas encore, les arracheurs de dents se faisaient accompagner d'un joueur de tambour, qui couvrait les cris des malheureux opérés. Ficelle, cesse de bavarder avec Boulotte ! (Note de Mlle Bigoudi.)

2. Relire *Fantômette dans l'espace* (Bibliothèque Rose).

d'heure. J'espère que Chimpanzé aura le temps de couper un barreau.

La machine tourne encore pendant cinq minutes, puis s'arrête. La justicière fait signe à Œil de Lynx d'éteindre le moteur de la 2 CV. La tronçonneuse est-elle en panne ? Dans ce cas, il faudra recommencer l'opération. Et si un gardien s'aperçoit qu'on a commencé à scier les barreaux, la surveillance sera renforcée. Fantômette hoche la tête.

— On s'est fourrés dans une drôle d'histoire, tout de même ! Faire évader un truand, ça va nous coûter combien d'années, si on se fait prendre ? Cinq ans ? Dix ans ? ... Ah ! On dirait que...

Des vibrations se produisent dans la corde. Là-bas, une silhouette noire se glisse entre les barreaux, se suspend à la corde, se rapproche lentement du mur d'enceinte.

— Bravo ! Joli travail d'acrobate ! On voit qu'il a travaillé dans un cirque, notre Chimpanzé... Pourvu qu'il ne lâche pas la corde... Non, c'est bien, il arrive au mur.

L'évadé franchit l'obstacle, empoigne une branche du platane, se laisse glisser dans la voiture, qui est juste en dessous de lui, sur le siège voisin du conducteur. Fantômette saute sur la banquette arrière en criant :

— On y va, Œil !

Le journaliste fait rugir le moteur, avance entre le mur et l'arbre, quitte le trottoir et s'engage sur la chaussée en écrasant l'accélérateur. Il prend le large à l'instant même où la voiture de patrouille débouche dans l'avenue à petite allure. Dix secondes de plus et l'opération échouait ! Fantômette demande en souriant :

— Eh bien, que pensez-vous de cette évasion, monsieur Chimpanzé ?

— Excellente ! À un petit détail près...

Il tourne la tête.

— Je ne suis pas Chimpanzé !

Ahurie, Fantômette l'a rarement été à ce point. L'homme qu'elle vient de faire évader au prix de nombreux risques n'est certes pas l'individu auquel elle s'attendait ! Les réverbères qui défilent laissent voir des cheveux bruns, mi-longs et des yeux bleus.

— Mille pompons ! Vous êtes... Rocamadour !

— Oui, ma chère. Un cambrioleur que vous avez arrêté il y a quelques années. Et auquel vous venez de rendre la liberté. Laissez-moi vous remercier bien sincèrement, ha, ha !

Sourcils froncés, l'aventurière réfléchit. Se serait-elle trompée de cellule ? Le nombre porté sur le plan était-il faux ? Elle s'enquiert :

— Vous étiez bien dans la cellule 813 ?

— Oui, tout à fait. Mais pas Chimpanzé, si c'est lui que vous vouliez faire évader ?

— Parfaitement !

— Eh bien, ce matin, il a été transféré au numéro 204, où je me trouvais moi-même.

— Ah ! Vous avez changé de place ?

— Oui. Une décision de l'administration pénitentiaire. Les détenus ne restent pas plus de trois mois au même endroit, pour éviter qu'ils n'aient le temps de préparer une évasion. Sage précaution puisque moi-même, j'étais sur le point de filer, la nuit prochaine. Vous m'avez fait gagner vingt-quatre heures.

Un silence s'installe, tout relatif parce que le tapage de la voiture assourdirait le dieu Vulcain, maître des forges et des volcans. Instinctivement, le journaliste a pris la direction de la rue des Roses. Fantômette approuve.

— Vous faites bien de me ramener chez moi. Nous avons besoin de réfléchir, avant de retourner voir le Furet.

Rocamadour a un petit rire.

— Vous êtes en relation avec cette canaille ?

— Oui, malheureusement. C'est pour cela que nous voulions faire évader Chimpanzé.

— Oh là là ! Votre affaire m'a l'air assez compliquée...

La voiture a stoppé devant le numéro 13, une villa en forme de soucoupe volante.

— Je vais vous expliquer, propose l'aventurière, on va se prendre un petit café.

Cinq minutes plus tard, bien installés dans la salle de séjour, les deux hommes écoutent le résumé que leur fournit la fille au pompon noir.

— Il y a quelques années, Chimpanzé s'est emparé de la recette d'un casino et l'a enfermée dans un coffre du « Guignol Lyonnais », la banque bien connue. Le Furet veut que Chimpanzé lui donne le chiffre du coffre et, en échange, il le fera évader.

— Vous voulez dire que le Furet vous a chargée de faire cette opération ?

— Oui.

— Pourquoi le Furet lui-même n'a-t-il pas fait évader Chimpanzé ?

— Parce que c'est un sacré flemmard ! Un vilain monsieur qui ne veut prendre aucun risque. Il ne se mouille pas, lui !

— Alors, pourquoi lui avez-vous obéi ?

— Parce qu'il a un moyen de pression sur moi. Ce lâche a kidnappé mon amie Boulotte, et ne la libérera qu'après l'évasion de Chimpanzé. Seulement, l'affaire vient de rater. Il ne relâchera pas Boulotte, puisque Chimpanzé est toujours en prison.

L'homme aux yeux bleus boit une gorgée de café.

— En somme, c'est à cause de moi que votre amie est toujours prisonnière du Furet ?

— Oui, à peu près. Mais vous ne l'avez pas fait exprès.

— Non, bien sûr. Mais les choses peuvent s'arranger. L'évasion que j'avais préparée pour moi-même, c'est Chimpanzé qui va en profiter. La nuit prochaine, il va sortir de la prison.

Œil de Lynx pointe sa pipe vers Rocamadour.

— Il va passer par un trou que vous avez creusé, ou quelque chose de ce genre ?

— Oh ! Je ne me fatigue pas à creuser

des trous, comme les Dalton. Il y a depuis peu des conditionneurs d'air dans les cellules. Je suis assez bricoleur[1], comme vous le savez, et j'ai commencé à trafiquer l'appareil, qui communique avec un gros conduit servant à amener l'air frais. En passant par ce tube, on peut accéder au toit du bâtiment. C'est une acrobatie à portée de Chimpanzé.

— Mais comment lui faire savoir que le conditionneur est truqué ?

— Il est déjà au courant. Au moment où nous avons changé de cellule, je lui ai discrètement désigné l'appareil en clignant de l'œil. Il a tout de suite compris. Il sera vite dehors, sans qu'on ait besoin de lui fournir une tronçonneuse ! Il n'aura plus qu'à aller chercher son magot à la banque du « Guignol Lyonnais » et hop ! on ne le verra plus ! Ha, ha !

Fantômette objecte :

— Le Furet ne va pas le laisser faire. Au

1. On lui doit l'invention d'un ingénieux ouvre-portes, outil parfait pour les cambriolages. Il m'en a fait cadeau, lorsque je l'ai capturé, signe qu'il n'était pas rancunier. (Note de Fantômette.)

besoin, il préviendra la police, qui coincera Chimpanzé quand il se présentera à la banque.

— Et le Furet non plus ne récupérera pas les billets ? Non, non ! Il ne va pas y renoncer, après s'être donné tout ce mal et pris des risques en enlevant votre amie ? Il s'acharnera, le vilain monsieur. À mon avis, notre cher Furet va laisser Chimpanzé retirer les billets. En le surveillant, bien sûr. Et après, crac ! Il les lui piquera ! De cette manière, votre amie Boulotte retrouvera sa liberté.

Œil de Lynx se met à bâiller.

— Vos histoires d'enlèvement et d'argent commencent à m'ennuyer sérieusement ! C'est trop compliqué pour ma petite tête de journaliste. Un chien perdu ou un vol de sucettes, voilà ce qui me convient, et rien de plus. Allez, bonne nuit la compagnie !

Il s'éclipse. Rocamadour se lève alors et s'incline courtoisement.

— Ma chère Fantômette, je crois que je

vais faire comme notre ami. Permettez-moi de prendre congé.

— Vous savez où dormir ?

— Ne vous inquiétez pas. J'ai une suite réservée en permanence à l'ambassade d'Angleterre. Je vous souhaite une bonne nuit !

chapitre 13

Ciel ! Mon imèlle !

Une évasion sensationnelle ! Le fameux cambrioleur Rocamadour s'échappe de la centrale de Meslogis-Fleuris dans des conditions rocambolesques. Le prisonnier aurait bénéficié de complicités extérieures. (Un reportage exclusif de notre envoyé spécial Œil de Lynx.)

Ficelle ouvre des yeux qui ressemblent aux phares d'une Torche 314 (voiture de sport dont nous reparlerons plus loin). Elle a le nez collé à l'écran de l'ordinateur. Le texte rédigé par le journaliste se présente ainsi :

On se souvient que Rocamadour, roi de la cambriole et inventeur d'un outil original permettant d'ouvrir toutes les portes, a été arrêté il y a quelques années par Fantômette, la justicière. Malgré les précautions prises à Meslogis-Fleuris pour éviter toute évasion – ce qui avait réussi jusqu'à présent –, Rocamadour a pu scier les barreaux de sa cellule et franchir le mur extérieur en s'aidant d'une corde lancée par un harpon de pêche sous-marine. On ignore qui a pu lui fournir une tronçonneuse et lui permettre de passer le mur. L'enquête a été confiée au commissaire Pomme, qui a failli arrêter le Furet à plusieurs reprises, mais on compte sur Fantômette, une experte en matière d'évasions.

Au même moment, mais dans la villa d'Onman-Tanpa, d'autres cris de surprise sont poussés par le Furet et Alpaga, qui viennent de regarder les informations à la télévision. Bulldozer n'a pas réagi, trop occupé à plonger une portion de brie dans une tasse de café au lait. Le chef frappe du poing sur la table.

— Qu'est-ce que ça veut dire ? Rocamadour qui s'envole, au lieu de Chimpanzé ? Je n'y comprends rien ! Ou alors, Fantômette s'est trompée de cellule. Elle a dû confondre avec un autre numéro.

Alpaga approuve.

— C'est évident, Furet mirifique ! il ne peut pas y avoir d'autre explication.

— Je vais demander à cette gourde ce qui s'est passé.

Il décroche un téléphone doré, sur lequel Onman-Tanpa a fait graver son nom, et compose le numéro de l'aventurière.

— Allô Fantô ? Ici qui tu sais. J'aimerais avoir une explication au sujet de quelqu'un qui devrait se trouver quelque part et qui n'y est pas.

— Il n'y a pas eu erreur, mon bon monsieur que j'adore. Celui qui est sorti n'est pas celui qui devait sortir. Ce sont des fantaisies de l'administration qui doivent vous être familières, non ? Je n'y suis pour rien, mon brave homme !

L'ironie de Fantômette agace le Furet, mais il est au courant des permutations de cellule et se contient. Adoptant un ton sec, il ordonne :

— Écoute, il va falloir recommencer l'opération. Et cette fois-ci, en faisant sortir le bon.

— Oh ! Du calme, cher citoyen. La fuite a déjà été imaginée par celui qui s'est échappé. Donc, votre client va se trouver sur le toit la nuit prochaine. Il vous suffira de le cueillir lorsqu'il sautera le mur.

— Alors tu vas venir avec nous et tu vas...

— Je ne vais rien du tout ! J'en ai ras-le-pompon de vos histoires d'évasion ! Je vous ai dit ce qui va se passer. Alors, maintenant, débrouillez-vous ! Vous êtes assez grand pour vous occuper vous-même de vos petites affaires à la noix. Et ne demandez plus à Fantômette de récolter de l'argent pour vous. Salut !

Et elle raccroche d'un coup sec. À l'autre bout du fil, le Furet marmonne quelques injures à l'adresse de ces jeunes qui ne veulent plus travailler, puis il en prend son parti.

— Oh ! Et puis zut ! Cette Fantômette est insupportable. Pas besoin d'elle. Après tout, avec Alpaga et Bulldozer, ça ne sera pas difficile de mettre la main sur Chimpanzé et de récupérer son magot. Et une fois qu'on aura le fric, pourquoi se casser la tête à organiser des évasions ? Si des malfrats moisissent en taule, tant pis pour eux ! Ils n'avaient qu'à pas se faire prendre...

Il ordonne à ses complices :

— Cette nuit, expédition à Meslogis-Fleuris. On va attraper le babouin et lui faire cracher son trésor. Ensuite, direction le Brésil. On arrivera juste à temps pour le carnaval de Rio.

Un vaste sourire éclaire le visage d'Alpaga.

— Aller au Carnaval ! Le rêve de ma vie ! Je me déguiserai en riche clochard, avec une chemise brodée d'or, un manteau orné de diamants et des godillots en platine ! J'aurai toutes les Brésiliennes à mes pieds superbes !

*

* *

— Ah ! Je sens mon cœur qui bat à grands coups dans mon estomac ! Ça me fait des gargouillis dans le ventre, comme Boulotte lorsqu'elle a mangé douze pots de yaourts à la fraise-vanille ! Est-ce qu'il aura répondu à mon message secret ? Il faut qu'il me donne une explication, parce qu'il n'est pas venu me voir derrière l'école, et pourtant, moi, j'y étais, de pied en câpre ! Il m'a posé un sapin ! J'espère qu'il va me présenter une excuse aussi plate qu'une semelle de tong modèle bon marché !

L'écran s'est allumé et quatre mots apparaissent, qui arrachent un hurlement d'enthousiasme à la grande internettante : *Prince Charmant à Ficelle.*

— Houuuaaaah ! ! ! C'est pas vrai possible ! Il me répond à moi personnellement !

Je sens mes cheveux qui me dégoulinent dans le dos jusqu'à la rate ! Le vrai prince, en personne, et pas une imitation ! Le seul garanti deux ans, pièces et main-d'œuvre ! C'est incroyab, ma paole d'honneu ! Voyons ce qu'il raconte...

Chère Ficelle, je regrette vivement de n'avoir pu me rendre au rendez-vous que tu m'as fixé, parce que le roi m'a envoyé ailleurs pour combattre le dragon Fafnir. Il mange les nobles, les paysans, les enfants désobéissants et les carottes des jardins potagers. Mais je lui ai fendu le ventre avec ma grande épée en balsa et tout ce qu'il avait dévoré est ressorti en bon état. Même les enfants continuaient de jouer aux billes pendant la leçon de grammaire. Je te fixerai un autre rendez-vous à la Saint-Glinglin.

Signé : Prince Tout À Fait Charmant[1].

1. Ne serait-ce point Françoise qui s'amuserait à envoyer ces messages ridicules ? Elle est d'habitude beaucoup plus sérieuse ! Vraiment, cette petite me déçoit. (Note attristée de Mlle Bigoudi.)

Ficelle est sur le point de s'évanouir, lorsque la porte s'ouvre pour laisser entrer Françoise. Ficelle ouvre grand les yeux, la bouche, les oreilles, les bras, et s'exclame :

— Aaaah ! Tu ne sais pas la nouvelle ébouriffante ! Le Prince Charmant en personne, en chair et en os à moelle, qui m'écrit sur le net ! Il me donne rendez-vous...

— À la Saint-Glinglin ?

— Hein ? Comment tu sais ça ?

— C'est bien connu. Tous les princes donnent leur rendez-vous à cette date.

— Ah ? Bon. Je ne savais pas. Qui te l'a dit ?

— C'était une leçon de Mlle Bigoudi. Tu ne t'en souviens pas ? Tu devais penser à autre chose. À tes chaussettes.

— Oui, ça doit être ça. Et puis, à l'époque, il ne m'avait pas encore visitée sur le net. Tandis que maintenant, on se parle tous les jours !

— Je vois que tu es très occupée, sinon

je t'aurais proposé quelque chose. Ce sera pour une autre fois.

— Mais non, dis vite ! C'est pour aller visiter un magasin de chaussettes ?

— Non, pour explorer la villa d'Onman-Tanpa et tâcher de trouver Boulotte.

— Ah ! Mais bien sûr que ça m'intéresse ! On y va tout de suite ?

— Non, en ce moment la bande du Furet s'y trouve. Mais cette nuit, ils seront du côté de Meslogis-Fleuris, et nous serons tranquilles pour inspecter le pavillon avec Œil de Lynx.

— Ah ! Très bien ! J'emporterai ma loupe de détectivesse et mon carnet pour prendre des notes historiques. En quoi il faut que je m'habille ? En Fantômette, tiens ! C'est ça qui serait bien. J'ai encore un déguisement que j'avais porté à la fête de l'école. Mais je ne sais plus où je l'ai fourré...

La voilà qui se met à courir dans toutes les directions, comme un jeune chat dans un pré que survolent des papillons. C'est ce que Ficelle nomme une investigation méthodique... Françoise fait claquer ses doigts.

— Je crois me souvenir que ton déguisement est dans le grand pot de fleurs, sur la fenêtre...

— Tu rigoles ou quoi ? Dans le pot, il y a des tulipes en plastique jaune que j'ai peintes en vert salade.

— Va voir tout de même.

La grande étourdie ouvre la fenêtre, constate l'absence des fleurs décoratives. Le pot est recouvert avec *L'Encyclopédie de la poterie étrusque*. Sous le livre est plié un costume d'aventurière, avec cape et masque. Ficelle revient triomphalement :

— Je savais bien qu'il était là !

Un grand bruit de ferraille annonce l'arrivée d'Œil de Lynx. Il confirme le projet d'expédition à la villa du chanteur, s'inquiète un peu de la participation de Ficelle, mais celle-ci déclare fermement :

— N'ayez pas d'inquiétage, m'sieur Œuf de Truc ! Je vais mettre mon costume de justicière permanente et je vais retrouver Boulotte comme une épingle dans une meute de foin !

chapitre 14

Le saut

Le Furet regarde à travers les larges baies qui s'ouvrent sur l'avenue. Les réverbères viennent de s'allumer, en même temps que la nuit tombe sans faire plus de bruit qu'une plume de colibri se posant sur le gazon.

— On va pouvoir y aller, les gars. Comme on ne sait pas exactement à quelle heure Chimpanzé réussira à sortir, mieux vaut se trouver une place...

Alpaga prend des poses devant un grand miroir, où il peut s'admirer en entier.

— Chef incroyable, ce costume me va-t-il, pour une expédition nocturne ?

— Ton veston jaune d'œuf est un peu

voyant. Ton pantalon rose aussi. Tu n'as rien de plus sombre ?

— Heu... J'ai un petit ensemble gris souris.

— Très bien ! Va l'enfiler en vitesse.

— Mais il est moins pittoresque...

— On ne te demande pas d'être pittoresque, mais discret.

Bulldozer demande :

— Et moi, chef, ça va ?

— Ta crasse naturelle te camoufle parfaitement. Tu peux rester comme tu es.

— D'accord, chef.

Cinq minutes plus tard, les trois malfaiteurs descendent au sous-sol, où Onman-Tanpa dispose d'un bel assortiment de voitures, mais le Furet a vite fait son choix.

— On va prendre celle-là. Si on a besoin de filer, aucun flic ne pourra nous rattraper.

— J'va la conduire ! déclare Bulldozer. Mais Alpaga fait un signe négatif.

— Tu es bon pour manœuvrer les tracteurs, mais pas un bijou comme celui-ci. Tu as vu cet intérieur ? Soie, velours, cuir fin. Et la mécanique ? Toutes les commandes groupées sur un volant réglable dans tous les sens ! Une véritable horlogerie ! Ça se pilote du bout des doigts...

— Bon, tranche le Furet, Alpaga va conduire. Allez, assez bavardé !

Bulldozer se console en mastiquant un bout de saucisson, et les portes à ouverture programmée laissent sortir le bolide dans un silence luxueux. Vingt minutes plus tard, le trio prend position à cent mètres du bâtiment d'où Chimpanzé doit s'évader.

*

* *

— Et voilà, je suis fine prête. Si Fantômette me voyait, elle dirait que c'est elle !

— À part la couleur de cheveux. Fantômette est brune.

— Eh bien, regarde, Françoise, avec mon bonnet dessus, on ne voit pas la couleur de mes merveilleux tifs.

— Et les yeux ? Les tiens sont bleus.

— Je n'ai qu'à les fermer, et personne ne verra la différence. Pas vrai, m'sieur Œuf de Linge ?

— À dire vrai, je crois que Françoise ressemble beaucoup plus à l'aventurière, mais avec ton costume, Ficelle, et dans le noir, on peut très bien vous confondre.

— Ah ! Qu'est-ce que je disais ? Au contraire de l'inverse, mon intelligence est beaucoup plus fantômettique que celle de Françoise, dans le contexte du niveau.

— Bon, puisque vous êtes prêtes, on va pouvoir y aller. Qu'est-ce que tu cherches, Ficelle ?

— Ma lampe électrique. Les grandes détectivesses ont toujours une lampe pour éclairer les fantômes ou les squelettes. Je crois qu'elle est dans ma pantoufle. Oui, voilà. Bon, ça va, elle ne marche toujours pas.

— Il y a une pile dedans ?

— Je ne sais pas. Elle éclairait quand le Père Noël me l'a apportée. J'avais quatre ou cinq ans. Maintenant, elle ne s'allume plus. Ça me fait une lampe martienne.

— Je ne comprends pas...

— Ah ! Vous ne connaissez pas les lampes martiennes, m'sieur Pince à Linge ? Elles envoient un rayon d'ombre. Tu emportes un sac, Françoise ? Avec une lampe également ?

— Non, j'ai un déguisement de Fantômette.

— Quoi ? Toi aussi ? Ah ! Tu veux me faire marcher. Je parie que tu trimbales une grammaire ou un bouquin d'histoire-géo.

— Gagné, Ficelle. On y va ?

Notre petit groupe sort du logis, monte dans la 2 CV, qui démarre dans l'habituel nuage de fumée assourdissante. Les lumières de Framboisy s'allument petit à petit, indiquant par là que la nuit est en train de tomber. À l'instant où la guimbarde parvient en vue de la villa d'Onman-Tanpa, une voiture de sport rouge passe en sens inverse sans se préoccuper des limitations de vitesse. Françoise a un demi-sourire.

— Je crois que nos amis sont en route pour Meslogis-Fleuris. La voie doit être libre.

— Et Boulotte va l'être aussi, grâce à Fantômette que c'est moi ! s'écrie Ficelle.

*

* *

Le Furet a trouvé chez le chanteur une paire de jumelles marines à fort grossissement. Il les braque vers le haut de la prison, balayant la toiture, examinant les cheminées. Si Chimpanzé réussit à passer par le conduit dont a parlé Rocamadour, il devrait sortir par une de ces cheminées. Alpaga allume une lampe intérieure pour pouvoir admirer son visage dans le miroir du pare-soleil, mais le chef ordonne :

— Éteins-moi ça ! Il ne faut pas qu'on se fasse repérer. Ce n'est pas le moment !

— Ah ! Bon, excellent chef. Vous ne trouvez pas que j'ai grossi, depuis quelque temps ? Ça m'ennuierait de ressembler à Bulldozer...

Sur la banquette arrière, le patapouf proteste :

— Pourquoi ça te gênerait de me ressembler ? Tu m'trouves pas beau, p'têtre ?

— Mais si, mais si. Seulement, je crois qu'à force de croquer du saucisson, tu vas finir par épaissir.

— Vraiment ? Bon, alors, je vais manger plutôt de la mortadelle.

Le Furet lance une exclamation :

— Ah ! Je vois quelque chose... Tout en haut du toit... Oui, il y a un type qui bouge... Il s'éloigne de la cheminée...

— Faites voir, chef estimé, faites voir !

Le Furet tend les jumelles à Alpaga, qui pousse également un cri :

— Mais oui ! C'est Chimpanzé ! Il a réussi !

Les lampadaires de l'avenue éclairent la silhouette qui marche en équilibre sur le faîte du toit, comme seul peut le faire un acrobate de cirque. Le Furet murmure :

— Je me demande comment il va pouvoir atteindre le mur d'enceinte. Il n'a pas de corde, lui. Ou alors il va descendre dans la cour, mais après ? Il sera obligé d'escalader le mur, et nous n'avons pas apporté d'échelle... À moins d'avoir prévu un hélicoptère qui viendrait le chercher. Tiens ! Est-ce qu'il n'est pas en train de marcher vers le bas du toit ?

— Il ne marche pas, chef, il court ! Il va tomber... Ah ! C'est incroyable !

Le fantastique spectacle, auquel les trois hommes sont en train d'assister, est le bond prodigieux que Chimpanzé a préparé en prenant de l'élan sur la pente. Arrivé au niveau de la gouttière, il a donné un terrible coup de pied sur les tuiles, qui l'a propulsé au-dessus du vide. Il écarte les bras, comme un oiseau déployant ses ailes, et les ramène en avant, juste à temps pour agripper le haut du mur, auquel il reste accroché, à demi étourdi par le choc. Le fabuleux vol plané n'a pas duré plus de deux secondes, mais il a paru deux siècles aux témoins de l'incroyable exploit. L'homme-singe a vite fait de retrouver ses esprits, parce qu'il se dresse sur le mur, se lance à nouveau dans l'espace pour se poser sur une branche d'un platane. Admiratif, Alpaga commente :

— C'est Tarzan, ce type !

— On dirait, oui. Dépêche-toi d'avancer, on va l'accueillir à sa descente de l'arbre.

L'auto démarre, fonce vers le platane, stoppe à l'instant où Chimpanzé saute à terre. Le Furet ouvre la portière.

— Vite, vite !

L'évadé n'hésite pas. Il s'engouffre dans la voiture, à côté de Bulldozer. Le Furet grimace un sourire.

— Joli saut ! Tous mes compliments ! On se demandait comment tu allais pouvoir atteindre le mur.

— Oh ! J'ai l'habitude. C'est de la bricole, ça. En tout cas, je ne suis pas trop rouillé. Où est-ce qu'on va maintenant ?

— Nous nous sommes installés chez Onman-Tanpa. Une espèce de chanteur à la noix. Une chouette villa où personne ne nous dérange. On y sera tranquilles pour causer.

— Causer de quoi ?

— Tu es au courant, non ? Une certaine mallette pleine de billets que tu as piqués au casino.

— Ah ! C'est donc ça qui t'intéresse ?

— Ben tiens !

— Bon, d'accord. On va en parler.

Les quatre hommes restent silencieux jusqu'à leur arrivée au pavillon. Le Furet fronce les sourcils.

— On n'avait pas éteint les lumières avant de partir ? Hein, Alpaga ?

— Heu... Il me semble, oui.

— Alors nous avons de la visite.

chapitre 15

À la recherche de Boulotte

Ficelle sort la première de la voiture et jette un coup d'œil circulaire, au cas où des admirateurs seraient venus assister à l'arrivée de Fantômette, mais il n'y a personne. L'aventurière de pacotille hausse ses minces épaules.

— Tant pis pour eux ! Ils n'auront pas droit à mes dédicaces.

Elle appuie sur le bouton de sonnette et attend. Puis elle demande à Œil de Lynx :

— Pourquoi on ne m'ouvre pas ?

— Parce qu'il n'y a personne. Il va falloir passer par-dessus la clôture.

— Oh ! Alors ça, c'est un exploit fantômettesque ! Je suis très qualifiée pour ce genre d'aventure étonnante !

Elle soulève un pied, passe la jambe par-dessus la barrière et demeure immobile. Françoise, qui est déjà de l'autre côté, demande :

— Pourquoi tu ne rentres pas ? Tu es paralysée par la peur ou par une crampe ?

— Je ne sais pas. Je ne peux plus bouger. Je dois être victime d'un enchantement. Tu sais qu'il y a des magiciens qui peuvent envoyer des maléfisques paralysateurs ? Ça doit être ça qui m'arrive. De la magie verte !

Françoise vient au secours de l'aventurière.

— C'est ta cape qui s'est coincée dans la poignée de la porte. Attends une seconde... Là, tu peux y aller.

— Oui, je me doutais bien que ça venait de ma cape. Mais je ne voulais pas bouger pour éviter de la déchirer.

Elle prend sa lampe sombre, la dirige vers le journaliste, qui est devant l'entrée.

— Je vais vous faire de la lumière noire. Est-ce que vous pouvez ouvrir, m'sieur Heure de Sphinx ?

— Non, je n'ai pas la clé. Je vais aller voir si le soupirail est encore ouvert, sur le côté.

— Inutile, j'ai ce qu'il faut ! dit Françoise.

Elle se penche vers la serrure, y introduit une sorte de clé ressemblant un peu à un tournevis. On entend un déclic, puis la brunette appuie sur le battant qui pivote.

— Et voilà ! C'est ouvert.

Ficelle s'étonne :

— Qu'est-ce que c'est que ce truc ? Un machin ?

— L'ouvre-portes inventé par Rocamadour. Il m'en a fait cadeau.

— Pas possible ! Tu connais ce cambrioleur ? Pourquoi il t'a donné ce fourbi ?

Mais Françoise est déjà dans la villa.

— Dites, Œil, Boulotte pourrait être enfermée dans le sous-sol ? Quand le Furet nous a passé le film, il m'a semblé qu'on la voyait dans une cave ?

— Allons voir.

Ils descendent, passent dans la salle de gymnastique, puis dans l'atelier, et découvrent effectivement la cave avec la sinistre chaise. Mais pas de gourmande en vue. Françoise suggère :

— Il y a le premier étage avec des chambres, je pense. S'ils l'ont fourrée dans un placard...

— Espérons que non !

Ils prennent l'ascenseur, au grand effroi de Ficelle, qui a horreur de ce genre de véhicule. Mais trois secondes plus tard, les voilà déjà au premier, qui comporte une demi-douzaine de chambres accompagnées de leur salle de bains. Ficelle regarde dans les penderies, les tiroirs des commodes, sous les lits. Elle annonce :

— Malgré mon puissant regard fantômastique, je ne vois pas plus de Boulotte que de bonhomme de neige sur la plage de Cannes au mois d'août. Comme elle n'est pas là, je suppose qu'elle est ailleurs, dans un autre endroit.

Œil de Lynx cesse de mordiller sa pipe et grogne :

— Reste le rez-de-chaussée, mais nous y sommes déjà allés. Boulotte n'était pas dans le séjour...

— Retournons-y, dit Françoise.

Ils prennent l'escalier, débouchent dans la grande salle. C'est alors qu'un ronflement se fait entendre, qui semble provenir d'un local voisin. Un bruit continu, comme celui que produit un moteur électrique. Ficelle presse son ventre, affolée.

— Ah ! Il y a un fantôme qui passe l'aspirateur à côté ! J'ai peur de ces mécaniques ! J'ai toujours l'impression qu'ils vont me mordre les pieds !

Françoise marche résolument vers la porte qui paraît la plus proche du son et l'ouvre d'un seul coup. Des fourneaux, des réfrigérateurs, un grand évier, des placards blancs. C'est la cuisine. Debout devant un micro-ondes, Boulotte fait réchauffer un plat surgelé. Ficelle s'immobilise, changée en momie égyptienne par la surprise.

— Hein ? Toi, Boulotte ! ! !

La joufflue arrondit ses yeux, surprise également, mais par l'étonnement de son amie.

— Ben oui, c'est moi. Pourquoi ? J'ai du noir sur la figure ? Pourquoi tu me regardes comme un hareng saur ?

— Mais... Tu n'es pas prisonnière ? Attachée sur une chaise ?

— Ah ! Tu veux parler de la séance de choucroute ? C'est une blague que le Furet m'a faite.

— Une blague ?

— Oui. Il m'a dit qu'il allait me ficeler un petit peu pour faire croire qu'on allait me torturer, puis Bulldozer me fourrerait un peu de choucroute dans le bec, pendant qu'Alpaga me filmerait.

— Quoi ? On ne t'a pas bourrée de choucroute pour de vrai ?

— Penses-tu ! J'ai grignoté à peine trois

boîtes. Après, j'avais une de ces faims ! Heureusement que Bull m'a fait une omelette avec huit ou dix œufs.

Œil de Lynx aperçoit un lit de camp au fond de la cuisine et demande :

— C'est là que tu dors ?

— Oui, oui. À portée des casseroles.

— On ne t'enferme pas ?

— Mais pourquoi on m'enfermerait ? Je suis très bien ici. Je n'ai jamais été aussi heureuse de ma vie ! J'ai toute la cuisine à ma disposition. Vous avez vu ce matériel ? Mixers, éplucheuses électriques, chauffe-plat, centrifugeuse pour préparer des crèmes de légumes, hachoirs pour la chair à saucisse. Ah ! Justement, j'ai mijoté des saucisses au melon, hier soir. Il en reste un peu. Vous voulez goûter ? Je t'en prépare une assiette, Ficelle ?

— Heu... Pourquoi tu m'appelles Ficelle, je suis Fantômette !

La joufflue se met à rire.

— Tu ressembles autant à Fantômette que moi à une baguette de tambour. Il y a tes cheveux blonds qui dégoulinent de ton bonnet.

Vexée, Ficelle court rectifier sa coiffure devant un miroir. Françoise interroge la cuisinière.

— Avant de sortir d'ici, est-ce que le Furet t'a menacée ?

— Menacée ? Comment ça ?

— Oui. Il ne t'a pas interdit de sortir sans sa permission ?

— Pas du tout ! Au contraire, il m'a expliqué qu'il allait faire une petite expédition et qu'à son retour, on me ramènerait à la maison. Mais ça ne m'intéresse pas ! J'aime mieux rester ici !

La brunette s'énerve :

— Mais enfin, tu ne peux passer toute ta vie entre ces trois bandits ! Ils sont dangereux, voyons !

— Moi, je ne trouve pas. Le Furet aime bien ma cuisine. Bulldozer aussi. D'ailleurs, il n'est pas très difficile, le gros. Et Alpaga m'apprend des recettes italiennes. Je sais très bien préparer le risotto à la piémontaise. Et c'est vite fait, tu sais. On fait revenir trois oignons émincés dans cent grammes de beurre ; quand ils sont dorés, on ajoute le riz et on remue cinq minutes. Puis on arrose avec du bouillon...

Le journaliste se gratte la tête avec l'index et une perplexité évidente. Il confie à Françoise :

— Je suis embarrassé ! On ne peut tout de même pas laisser Boulotte ici. Il faut l'emmener avant que ces truands ne reviennent. S'ils n'ont pas pu attraper Chimpanzé, ils vont recommencer à torturer Boulotte, et cette fois-ci, pour de bon. Ou ils s'en prendront à Ficelle...

— Ou à moi, ou à vous ? Oui, vous avez raison. On ne va pas traîner ici. Notre Boulotte va venir avec nous, même si ça ne lui plaît pas !

La cuisinière tente de protester, mais elle a tout le monde contre elle, et finit par suivre le mouvement hors de la cuisine. Ils arrivent dans la salle de séjour, puis dans l'entrée. Mais, à ce moment-là, la porte s'ouvre et le Furet apparaît, ricanant :

— Ne partez pas si vite, mes amis ! On va bavarder un peu...

chapitre 16

Une nuit bien remplie

Le Furet est suivi par Alpaga, qui profite du miroir de l'entrée pour vérifier son nœud de cravate, par Bulldozer, en train de mâchouiller un trognon de pomme, et par un personnage aux sourcils rapprochés, qui se nomme certainement Chimpanzé. Les quatre hommes prennent leurs aises et s'installent dans les fauteuils du séjour en maîtres du logis. Le chef frappe dans ses mains :

— Boulotte, du champagne ! On va fêter l'évasion de notre champion acrobate !

Docilement, la jeune gastronome retourne à la cuisine chercher une bouteille, sous le regard réprobateur de Françoise et d'Œil de

Lynx. Mais le moment ne semble pas venu d'élever des protestations, les affreux se trouvant maintenant en position de force. La dodue débouche la bouteille en faisant sauter le bouchon, en véritable professionnelle du service de la table, et remplit les flûtes. Le Furet trempe ses minces lèvres dans le liquide effervescent. Puis il claque de la langue et annonce :

— Maintenant, nous passons aux choses sérieuses. Si vous le permettez – et si vous ne permettez pas, ce sera le même prix –, je vais résumer la situation.

D'un coup d'œil circulaire, il s'assure que son entourage est attentif, puis il se lance dans son discours :

— Il y a quelques années, notre ami Chimpanzé a eu l'heureuse idée d'apporter au casino de Baignoires-les-Bains une mallette. Il l'a remplie avec la recette de l'établissement et a porté la somme à la banque du « Guignol Lyonnais ». C'est bien ça, n'est-ce pas ?

— Exact. La banque du casino, justement. L'idée était amusante, non ?

— Tout à fait. J'ai proposé à notre hôte de le faire évader, en échange de la mallette. Enfin, de son contenu, bien sûr. Parce que la mallette elle-même, je n'en ai pas besoin...

Un rire poli accueille cette fine plaisanterie. Le Furet poursuit :

— Dans un premier temps, l'opération nous a menés à libérer le sympathique Rocamadour, ce qui n'était pas prévu au programme. Mais, après tout, la place d'un cambrioleur n'est pas d'être en cellule. C'était donc une bonne action. Puis, cette nuit, notre ami s'est fait la belle, avec une habileté à laquelle je me plais à rendre hommage.

Il lève son verre en l'honneur de l'acrobate, qui incline la tête, flatté du compliment. Françoise et Œil de Lynx commencent à bouillir sur place, énervés par cet échange de civilités entre crapules professionnelles. Le chef reprend :

— Cette libération étant accomplie, passerons-nous à la seconde partie du programme, la remise de la mallette ?

Chimpanzé fait un signe d'assentiment.

— Tout à fait d'accord. D'ailleurs, je suis un homme d'honneur, moi. Je tiens toujours mes promesses. Tenez, par exemple, Cassenoi de La Courvieille m'avait emprunté cinq francs et tardait à me les rendre. Je lui avais promis que s'il ne me les rendait pas, il lui arriverait des ennuis. Eh bien, un jour qu'il se baladait sur la falaise d'Étretat, il a glissé et il est tombé dans la Manche. Et il ne savait pas nager, le pauvre.

Le Furet approuve.

— On ne doit avoir qu'une parole. C'est indispensable dans les affaires. Donc, cette mallette ?

— Le numéro du coffre est 1515. Facile à se rappeler, c'est la date de la bataille...

— ... de Marengo ! s'écrie Ficelle, qui restait silencieuse dans son coin, attendant de faire son entrée en scène.

Chimpanzé ajoute :

— Il n'y a pas de formalité particulière pour accéder à la salle des coffres. Il suffit de présenter à l'entrée une pièce d'identité, mais ils ne vérifient même pas. Une fois, j'ai montré un vieux ticket de métro et on m'a laissé passer.

— Très bien ! Alpaga, toi qui présentes bien, tu pourra te charger de ce petit travail ?

— Enfantin, superbe Furet. Je vous rapporterai la mallette sans même regarder le contenu. Ma discrétion est proverbiale !

Chimpanzé pose alors une question :

— Si vous n'y voyez pas d'inconvénient, j'aimerais bénéficier d'une petite prime...

Le Furet fronce les sourcils.

— Une prime ? Quel genre ?

— Oh ! Pas grand-chose. La voiture rouge qu'on a prise pour venir ici. Vous pourriez me la prêter ? Je dois me rendre rapidement en Suisse pour rencontrer un gros fabricant de fromage. Il ne m'a pas rendu le dollar que je lui ai avancé il y a vingt ans, et je me propose de lui faire faire une promenade au bord d'un ravin, dans les Alpes...

— Pas de problème ! Tu peux prendre la Torche et la garder. Nous avons encore cinq ou six voitures au sous-sol.

— Bien, merci.

— Boulotte, nos flûtes sont vides. Apporte-nous une autre bouteille !

— Je vais t'aider, dit Françoise.

Œil de Lynx intervient alors :

— Messieurs, puisque vos petites affaires sont réglées, j'imagine que vous n'avez plus besoin de Boulotte ? Votre infâme chantage n'a plus de raison d'être ?

Le Furet a un haut-le-corps d'indignation.

— Infâme chantage ? En voilà une expression ! Du chantage, moi ? Alors que cette petite a été abondamment nourrie, traitée comme une princesse ? Vous avez de la chance que je sois de bonne humeur, monsieur le scribouillard ; sinon, je pourrais bien vous emmener au bord d'une falaise, moi aussi. Bon, allez, on boit encore un petit coup et chacun rentre chez soi.

Ficelle ajuste son masque, avance un pied, dans la pose majestueuse de Louis XIV recevant l'ambassadeur d'Espagne, et demande d'une voix criarde qu'elle croit harmonieuse :

— Quelqu'un a-t-il encore besoin de Fantômette ? Monsieur le Furet ?

— Non, tu peux aller te faire cuire un œuf !

Sur cette réponse, le Furet accompagne vers la sortie Œil de Lynx, Chimpanzé et Ficelle-Fantômette, qui fait une sortie pleine de grâce, comme la marquise de Pompadour en promenade dans le parc de son château de Bellevue[1]. Le reporter, la gastronome et l'aventurière d'occasion montent dans la 2 CV, qui démarre en réveillant les braves bourgeois du paisible quartier. Puis Chimpanzé prend les clés que lui tend Alpaga, s'assied dans le siège de la Torche 314, fait

1. Château que la marquise fit construire près de Meudon et qu'elle baptisa « Babiole ». Ficelle, on ne joue pas aux billes pendant le cours d'histoire. Retourne à ta place ! (Note de Mlle Bigoudi.)

un petit signe de la main, et repart dans un silence feutré. Le Furet pousse un soupir d'aise.

— Eh bien, voilà une nuit fructueuse. On va pouvoir commander nos billets d'avion pour le Brésil.

— J'ai réfléchi, dit Alpaga. Au lieu de me déguiser en mendiant, je vais plutôt choisir un costume de prince hindou avec des broderies d'or, des perles fines et des pierres précieuses authentiques. Qu'en pensez-vous, admirable Furet ?

— Bof ! Mon cher, quel que soit ton vêtement, tu auras toujours l'air d'un mannequin de vitrine !

— Ah ! Merci, chef authentique, aucun compliment ne saurait me faire plus plaisir !

*

* *

Le chaudron pétaradant s'arrête devant le logis où Ficelle et Boulotte coulent des jours paisibles, entre les préparations nauséabondes (sardines au nougat) et la musique futuriste de la grande perche (des boîtes de conserve frappées avec un manche de parapluie). Les deux amies font au journaliste de grandes embrassades en lui recommandant de célébrer longuement leurs exploits dans sa prochaine chronique. Puis elles s'en vont en bâillant dans leur chambre. Ficelle s'interroge :

— Est-ce que je mets mon pyjama pour dormir, ou bien je garde mon costume de Fantômette ?

— Je ne sais pas. Tiens, je mangerais bien une petite tartine de confiture avant d'aller me coucher.

— Parce que c'est un costume d'aventurière qui me va comme une chaussette. Chimpantruc n'a même pas deviné que j'étais Ficelle, tellement je ressemblais à Fantômette. Le Furet non plus. Il faut dire aussi que je me suis complotée... heu... compotée comme une véritable justicière de pacotille ! Quand j'ai avancé mon pied en avant, et que j'ai demandé si quelqu'un avait encore besoin de la véritable Fantômette, personne n'a dit le contraire ! C'est fabulant, non ?

— Tu veux une tartine ? Ou un bout de camembert avec un peu de beurre dessus ?

— Non, non. Je pense que je vais garder ce déguisement de lusque. Avant, je vais me brosser les dents avec de l'Hyper Z-23 au dichlorodiphényl-trichloréthane de trinitrotoluène[1]. Bonne nuit, Boulotte !

— Bonne nuit, Fantômette !

1. Le D.D.T. est un insecticide et le T.N.T., un explosif. Comment l'auteur ose-t-il écrire de pareilles inepties ? (Note indignée de Mlle Bigoudi.)

chapitre 17

Surprises !

Les phares de la Torche 314 trouent le noir, éclairant le large ruban de l'autoroute. Le bolide roule à la vitesse d'un avion, le conducteur étant certain qu'à cette heure de la nuit, les policiers verbalisateurs sont bien au chaud dans leur lit.

Chimpanzé se remémore les événements des dernières heures. Rocamadour lui faisant un signe discret en direction du climatiseur, ensuite un bond de cabri pour arriver au niveau de l'appareil auquel il s'est accroché d'une main, tenant de l'autre un tournevis improvisé avec une cuiller. L'acrobatie pour se glisser à l'intérieur de la machine, puis dans le conduit vertical, où il a réussi à s'élever en appuyant le dos et la pointe des pieds contre la paroi du tube. Enfin, son saut phénoménal et la liberté. Maintenant, il va passer la frontière et secouer un peu le fabricant de gruyère pour lui faire cracher ses francs suisses. Une bonne affaire en perspective !

Le jour se lève, sous l'éclat d'un soleil tournant à l'orange, qui surgit derrière la découpure des montagnes. Des panneaux indiquent la proximité de la frontière. Puis apparaît un bâtiment surmonté d'un énorme panneau : Douanes. Chimpanzé ralentit, stoppe sa voiture devant une barrière rouge et blanche. Un douanier s'approche, porte la main à son képi, s'incline et demande d'une voix posée et chantante :

— Vous n'avez rien à déclarer, monsieur ?

L'acrobate fait signe que non. Alors, derrière lui, surgit une sorte de lutin masqué, qui s'écrie joyeusement :

— Si ! Il a à déclarer que c'est un fripon, un voleur et un drôle de pistolet. La voiture est pleine d'or, de diamants et de drogue !

Sans s'émouvoir, le douanier ordonne :

— Voulez-vous descendre, s'il vous plaît, monsieur ?

Chimpanzé a tourné la tête et découvert Fantômette qui avait évidemment fait tout le trajet en se cachant entre les sièges avant et la banquette arrière. Il murmure : « Sale petite peste... », puis se résigne à sortir de la voiture. Fantômette, à la vitesse d'une panthère, passe par-dessus le dossier du siège, se glisse à la place du conducteur, abaisse le volant réglable au niveau de ses genoux, en même temps qu'elle le tourne en poussant à fond la manette des gaz, qu'elle commande de la main droite. Le moteur lance un grondement de réacteur, tandis que la Torche pivote sur place et se rue en sens inverse, s'éloignant du poste frontière comme un missile. Le demi-tour s'est effectué en moins de trois secondes, sous les regards ébahis de l'acrobate et du douanier, qui demande :

— On dirait une petite jeune fille. C'est une amie à vous ?

— Non, pas spécialement.

— Vous transportez des diamants, de l'or et de la drogue ?

— Moi ? Non, pas du tout.

— Alors je vais vous demander de venir remplir la feuille verte 317 bis, s'il vous plaît, monsieur. Ce n'est pas normal de venir chez nous avec une voiture vide.

*

* *

Le Furet s'étire en bâillant, regarde l'horloge de platine accrochée au mur de la chambre.

— Neuf heures du matin ! Les banques sont ouvertes. Alpaga, sors-toi du lit et va chercher la mallette.

— Comment ? Déjà me lever, chef adoré ? Vous m'avez réveillé ! J'étais en train de rêver. Je voguais dans une gondole à Venise, et une belle princesse me susurrait à l'oreille gauche – ma plus fine – que j'étais plus beau que Casanova. Qui fut pourtant le plus séduisant gentilhomme du XVIIIe siècle.

— Bon, eh bien, lève-toi, gentilhomme, et va chercher le fric ! Bulldozer, apporte-moi du thé au café. C'est ce que me servait la petite bonbonne et c'était délicieux. On aurait dû la garder, cette cuisinière.

Alpaga quitte à regret son lit, et s'enferme dans la salle de bains, où on l'entend chanter à tue-tête *O sole mio*. Au bout d'une demi-heure, le Furet vient tambouriner à la porte avec la crosse d'un pistolet.

— Tu sors, ou je te transforme en tamis à farine ?

— Voilà, voilà, chef fantastique ! J'ai fini, j'ai fini !

Il sort en courant en caleçon à fleurs mauves, ne met qu'une seconde pour enfiler un pantalon vert pomme et s'enfuit dans une modeste Rolls prélevée au sous-sol. Le Furet prend le temps de finir son petit déjeuner, s'offre une longue toilette en frottant le bout pointu de son nez avec une serviette en papier, puis va s'installer dans le séjour. La télévision lui fait découvrir le visage d'Œil de Lynx, qui tient un micro devant la prison de Meslogis-Fleuris. Il annonce :

On sait que la nuit dernière, le cambrioleur Rocamadour s'est évadé de la prison que vous voyez derrière moi. Eh bien, la série continue, puisque c'est un bandit nommé Chimpanzé qui s'est échappé cette nuit.

Le Furet zappe les informations, qui ne lui apprennent rien, puisqu'il est déjà au courant de tous les détails. Il tend l'oreille. Un claquement de porte annonce le retour d'Alpaga, qui apparaît, rayonnant comme le soleil de Naples, yeux brillants et dents étincelantes en pole position. Il tient fermement la poignée d'une grosse mallette, presque une valise, en cuir noir munie de deux fermetures. Il la dépose sur la table.

— Et voilà l'objet, Furet mégalithique !

— Pas de problème à la banque ?

— Aucun, chef merveilleux !

— On t'a demandé une pièce d'identité, tout de même ?

— J'allais sortir un vieux permis de conduire les tracteurs, quand le directeur a dit à son employé : « Laissez tomber, voyons ! Vous ne reconnaissez pas le fameux Alpaga, qui fait partie de la bande du Furet ? » Voilà ce que c'est que d'être célèbre !

— Parfait ! Voyons un peu ce que cette boîte a dans le ventre. D'après son volume, il doit y avoir un joli tas de billets !

Bulldozer a interrompu sa dégustation de chorizo pour venir admirer le trésor. Son chef pose les mains à plat sur la mallette, comme s'il tenait en son pouvoir toute la richesse du monde. Puis lentement, en faisant durer le plaisir, il déclenche les deux serrures et soulève gravement le couvercle.

Le contenu apparaît : des liasses de billets maintenus par des élastiques, soigneusement rangées côte à côte. Des centaines de coupures imprimées par la Banque de France. Une véritable fortune ! Le chef saisit une liasse, l'approche de son regard et pousse un hurlement !

Alpaga s'affole :

— Qu'est-ce qu'il y a, chef adoré ? Ils sont faux ?

— Mais non, ce sont de vrais billets ! Mais pas des euros, des francs ! De vieux francs périmés, qui n'ont plus cours depuis des années ! Tiens, regarde... Ça ne vaut rien, rien du tout ! Que dalle !

Le Furet s'étrangle de rage, gesticule, piétine, grimace, hurle :

— Ah ! Le tordu ! Je comprends maintenant pourquoi il nous a donné le numéro du coffre si facilement ! Il le savait, lui, que le magot ne valait plus un radis ! Ah le voleur ! L'escroc !

Furieux, il soulève la mallette, la retourne et laisse s'éparpiller les liasses à travers la salle. Puis il jette l'objet vide dans les airs, fracassant du même coup une statuette représentant le chanteur Onman-Tanpa en train d'avaler son micro.

— Ah ! Si je le retrouve, le Chimpanzé, je l'étrangle, je le coupe en quatre, je le déchire en sept morceaux ! Je le fais cuire tout cru !

— Et je me le mange ! ! ! braille Bull-dozer.

Alpaga est effondré.

— Ah, chef magnifique, on aurait dû s'en douter, que les billets étaient périmés... Après tant d'années... Quand est-ce qu'il a braqué le casino ? Bien avant qu'on ait l'euro...

— Attends, tais-toi... Il y a du bruit dehors...

De l'extérieur leur parvient une musique assez cacophonique, ponctuée par un martèlement de grosse caisse : boum ! boum ! boum ! Le Furet bondit vers une fenêtre, aperçoit un home-car hérissé de baffles, d'où s'échappe le tintamarre. Sur le flanc du véhicule, de grandes lettres forment un tag géant : « Onman-Tanpa ».

— Pétard de sort ! Voilà le proprio qui revient ! Filons par-derrière, vite !

Le trio s'envole hors du séjour en abandonnant un magot qui, autrefois, leur aurait permis de faire le tour du monde en Concorde. Ils passent par une fenêtre de la façade arrière, sautent dans le jardin et cavalent comme des purs-sangs au Grand Prix de Longchamp. Déjà essoufflé et à la traîne, Bulldozer demande :

— Où est-ce qu'on va, chef ?

— Comme d'habitude, à l'hôtel des Trois Pouilleux. On n'a pas les moyens de s'offrir un palace. Et puis ils nous font crédit...

*

* *

— Tu veux du « Miaou », Méphisto ? Ou tu préfères une tranche de foie gras d'oie truffé ? Ah, oui ! Eh bien, je n'en ai pas pour l'instant. Alors ça sera une boîte... Attends, le téléphone m'appelle.

Fantômette saisit le portable.

— Allô ? Oui, c'est moi. Bonjour, Œil. Si je vous ai vu à la télé ? Bien sûr. Parfait, votre petit reportage sur l'évasion de Chimpanzé... Si je sais ce qu'il est devenu ? Oui, il devait aller en Suisse, d'après ce qu'il a dit. Mais ça m'étonnerait qu'il ait franchi la frontière. Pourquoi ? Oui, une seconde, Méphisto, je parle à Œil de Lynx. Il est impatient, ce chat ! D'accord, je lui donne son casse-croûte... Bon, je disais que Chimpanzé est toujours en France. Comment je le sais ? Très simple, mon cher. Vous vous souvenez que j'ai accompagné Boulotte à la cuisine, quand elle est allée chercher la deuxième bouteille de champagne ? Eh bien, je suis descendue au sous-sol, je suis ressortie par une porte latérale et j'ai été me cacher dans la Torche. Ensuite, je me suis laissé conduire jusqu'à la frontière. Et là, quand Chimpanzé s'est mis à discuter avec un douanier, hop ! j'ai pris sa place au volant et suis revenue ici. Comment ? Si j'ai eu du mal à conduire cette auto ? Vous rigolez, mon ami. Un bébé de six mois pourrait la piloter. Même Ficelle y arriverait ! Allez, salut, Œil ! On se reverra à ma prochaine enquête. Si je vais courir après le Furet. Oh, non, j'en ai ras le pompon de ce triste sire... Vous pensez qu'il va aller à l'étranger avec le magot ? Aucun risque. Il n'a pas un sou en poche. D'ailleurs, je lui avais dit, qu'il ne profiterait pas de cet argent. Pourquoi ? Parce que ce sont de vieux francs, évidemment. Il suffit de se rappeler à quelle date le casino a été attaqué. Les euros n'existaient pas encore. Bon, à la prochaine !

L'aventurière coupe la communication, mais le portable se met à chanter de nouveau.

— Allô ? Oui, c'est Fantômette. Ah ! Je reconnais votre voix, Rocamadour. Une grande nouvelle à m'annoncer ? Je vous écoute... Oh ! Mais c'est très bien ce que vous me dites. Oui, je suis contente pour vous et je vous félicite. Quel nom avez-vous choisi ? « La société Rocamadour » ? Très bien. Et comme slogan ? « La serrure sûre » ? Dites donc, vous ne vous êtes pas trop cassé la tête... Enfin, ça dit bien ce que ça veut dire. En tout cas, c'est une très bonne idée de vous mettre à la fabrication et à l'installation de serrures. C'est vrai qu'avec tous les cambriolages qu'il y a en ce moment, vous ne risquez pas de chômer. Et puis au moins, vous êtes un spécialiste de la question. Si je veux que vous m'installiez des fermetures de sûreté ? Je ne dis pas non, si vous me faites un petit rabais... Moyennant un léger supplément ? C'est d'accord, passez donc me voir un de ces jours. Bonjour chez vous !

Elle repose le portable.

— Alors, le « Miaou » ne te dit rien ? Bon. Je vais ouvrir une boîte de sardines à l'huile d'olive de la marque « La belle savoyarde », recommandée par Boulotte, une spécialiste !

*

* *

— Ah ! Bonjour, Françoise ! C'est gentil de me rendre une petite visite ! Ce que je deviens après toutes ces aventures ? tu vois, je deviens de plus en plus fantômettique. Je garde ce déguisement jour et nuit, et même les jours fermiers. Quoi ? Il va finir par sentir le vieux bouc ? Mais non, je me vaporise fortement avec du Z-44, le déshorrisant à base de jus de limace activé. Tiens, viens t'asseoir à côté de moi. Tu vas voir comment je fais mes zimèles avec le Prince Charmant. Tu sais qu'il m'écrit de plus en plus ?

La brunette prend un siège à côté de la grande étourdie, qui empoigne la souris. Dans la cuisine, on entend le ronflement du mixer, que Boulotte utilise pour confectionner sa pâte d'amande à base de coquilles d'escargot. Ficelle allume l'écran.

— Voilà. C'est sa dernière visite... *Chère Ficelle, je dois faire un grand voyage au*

Sahara pour délivrer une princesse enfermée dans une bouteille magique. As-tu des conseils à me donner ? Si j'ai des conseils ? Tu te rends compte, Françoise ? Le Prince Charmant me demande des conseils ! C'est un honneur qu'il me fait, grand comme la liste des choses que je dois emporter quand je vais faire une partie de baby-foot chez Annie Versaire ! À mon avis, il doit commencer par emporter un tire-bouchon, si la princesse est dans une bouteille. Qu'en dis-tu ?

— Cela me semble logique, ma grande.

— Bon, alors je vais écrire ça... *Emportez un tire-bouchon*. Ensuite ? Il devrait prendre un maillot de bain, s'il va nager un peu. Suppose que le princesse soit sur une île déserte, il faudra bien qu'il nage pour la récupérer, non ?

— Je ne suis pas sûre qu'il y ait beaucoup d'eau au milieu du Sahara.

— Ah ! Pourquoi ?

— Parce que c'est un mot arabe qui veut dire désert. Et puis, si la princesse vit sur une île déserte, elle ne l'est plus, déserte. Elle est habitée.

— Tu as raison ! Alors je vais lui dire d'aller ailleurs. *Cher Prince Charmant, n'allez pas au désert. Allez plutôt à la foire de Framboisy, où il y a plein de monde en ce moment*. Comme ça, j'aurai plus de chance de le voir, hein ? Surtout que je vais y aller dimanche prochain. Tu vas venir ?

— Peut-être. Mais tu n'as pas peur que si le prince me voit, il ne me fasse la cour ?

— Oh, laisse-moi rire comme une idiote ! Toi, plaire au Prince Charmant ? Avec tes petits pieds, ton nez retroussé et tes boucles de cheveux ? Tu sais, tu n'auras aucune chance. Tandis que moi, je me sens l'âme d'une séductionniste ! D'ailleurs, avec mon costume de Fantômette, je serai illisible ! Tous les garçons viendront me courir après, même quand je serai assise sans bouger. Qu'est-ce que tu veux ? C'est ça quand on est un prix de beauté en solde. Tout le monde se précipitre. Il y a même des gens qui se battent à grands coups de coude sur le nez. Ma petite Françoise, je vais avoir un succès phénoménant ! Je te le garantis sur fractures !

Table

Dans la même *collection*...

Cinq collégiennes
douées de pouvoirs
surnaturels.

Mini, une petite fille
pleine de vie !

Pour Futékati,
résoudre les énigmes
n'est pas un souci.

Totally Spies,
trois super espionnes
sans peur et sans reproche.

Claude, ses cousins et son chien Dago mènent l'enquête

Bloom et ses amies à l'école des fées d'Alféa

Cédric, les aventures d'un petit garçon bien sympathique.

Esprit Fantômes, les enquêtes d'une famille un peu farfelue.

Composition ***Jouve*** – 62300 Lens

Imprimé en France par ***Partenaires Book***® JL
N° dépôt légal : 74096 - juin 2006
20.20.1143.03/5 – ISBN 2.01.201143.8

Loi n° 49-956 du 16 juillet 1949
sur les publications destinées à la jeunesse